국어 교과서 작품 읽기
중1 시

국어 교과서 작품 읽기: 중1 시

전면 개정판 1쇄 발행 • 2017년 12월 27일
전면 개정판 24쇄 발행 • 2022년 2월 14일

엮은이 • 김아란 박성우
펴낸이 • 강일우
책임편집 • 정편집실
조판 • 신성기획
펴낸곳 • (주)창비
등록 • 1986년 8월 5일 제85호
주소 • 10881 경기도 파주시 회동길 184
전화 • 031-955-3333
팩시밀리 • 영업 031-955-3399 편집 031-955-3400
홈페이지 • www.changbi.com
전자우편 • ya@changbi.com

ⓒ (주)창비 2017
ISBN 978-89-364-5865-2 44810
ISBN 978-89-364-5970-3 (전3권)

국어 교과서 작품 읽기

중1 시

김아란·박성우 엮음

창비

'국어 교과서 작품 읽기' 전면 개정판을 펴내며

　우리는 학교에서 여러 과목을 공부합니다. 과목마다 학습 방법도 재미도 다르지만, 한 가지 공통점이 있다면 모두 우리말, 우리글로 이루어진다는 점입니다. 달리 말해 국어 공부가 바탕이 되지 않으면 다른 과목이 더 어렵게 느껴질 수도 있지요. 더욱이 국어는 학교에서 배워야 하는 공부의 대상일 뿐 아니라 우리 삶 곳곳에서 쓰이는 소통의 도구입니다. 따라서 국어를 익히는 과정은 세상과 소통하는 법을 배우며 한 인간으로서 성장하는 과정이기도 합니다.

　'국어 교과서 작품 읽기'는 2010년 출간된 이래 수많은 학생들과 학부모, 선생님들에게서 큰 관심과 사랑을 받아 왔습니다. 이전까지 한 권이던 국정 국어 교과서에서 여러 권의 검정 국어 교과서로 바뀌면서, 변화에 발맞추어 다종의 국어 교과서에 실린 문학 작품을 갈래별로 가려 뽑아 재구성해 다채로운 작품을 접할 수 있게 한 시리즈입니다. 초판 이후 2013년에 새로운 교육 과정에 맞추어 개정판을 냈으며, 이번에 다시 한번 개정된 교육 과정에 맞추어 2018년 새 국어 교과서 9종에 대비하는 개정판을 내게 되었습니다. 확 달라진 교육 과정에 맞춤한 '전면 개정판'입니다.

2018년 중학교 1학년과 고등학교부터 적용되는 '2015 개정 교육 과정'은 학생이 자신과 세계를 이해하고 공동체의 구성원으로 소통 하는 법을 배울 수 있도록 국어 교과 역량을 기르는 것을 강조합니 다. 의사소통, 자료 정보 활용, 자기 성찰 계발, 비판적·창의적 사고, 문화 향유, 공동체 대인관계 등의 능력을 키우는 일이 중요해집니다. 이를 위해 과목을 넘나드는 창의 융합 활동이 제시되고, 학습량을 20퍼센트 가까이 줄이는 대신 학습의 질을 높였습니다. 국어 교과서 에서도 문학 작품을 인문, 과학 영역과 접목해 통합적으로 읽고 생각 하기를 권장하고 있습니다.

이번 '국어 교과서 작품 읽기'는 이처럼 문학 작품 독해의 질을 높이 고 국어 능력을 강조하는 교육 과정의 큰 변화에 발맞추어 전면 개정 한 것입니다. 이 시리즈는 문학 작품을 읽어 가면서 느낀 재미와 감동 을 확인하고 스스로 생각하는 힘을 기르는 데 도움을 줄 것입니다.

중1 국어 교과서 9종의 '바탕글'과 '활동'에는 총 42편의 시가 나 옵니다. 예전에 비해 시 편수가 현저히 줄어든 것이지요. 엮은이는 이 시들을 꼼꼼히 검토한 끝에 모두 이 책에 넣기로 하고, 교과서 밖 에서 8편을 가져와 총 50편을 선정하였습니다.

50편의 시를 봄, 여름, 가을, 겨울 사계절로 나누어 엮었습니다. 여 러분은 봄에 중학교에 입학하여 겨울이 끝날 무렵 한 학년을 마치지 요. 사계절의 순환 속에서 여러분은 조금씩 성장해 가고 한 학년씩 올라갑니다. 제1부 '나는 지금 꽃'에는 생명력이 가득한 봄이나 새 학년에 관련된 시를 넣었습니다. 제2부 '동해 바다'에는 여름의 분위기를 다양하게 느낄 수 있는 시를 넣었습니다. 제3부 '고래를 위하여'에서는 주로 가을이나 성장과 관련된 시를 만날 수 있습니다. 제4부 '우리가 눈발이라면'에서는 겨울과 관련되거나 한 해를 마무리하고 새로운 시작을 준비하는 시들이 여러분을 기다립니다.

시의 묘미를 알게 해 주고, 시의 표현 방식, 시의 내용, 시인의 생각 등을 이해하는 데 도움을 주기 위해 시마다 '감상 길잡이'를 붙였습니다. 또한 감상한 내용을 바탕으로 자신의 생각과 느낌을 드러내는 '활동'을 달았습니다.

시는 어떤 대상에 대한 자신의 생각이나 감정을 운율이 있는 간결한 언어로 표현하여 감명을 주는 문학입니다. 적은 언어에 담긴 다양한 의미를 이해하기 위해서는 무엇보다 풍부한 상상력이 필요하지요. 그럼, 시를 읽으면서 여러분의 상상력을 마음껏 펼쳐 보길 바랍니다. 끝으로, 이 책을 통해 스스로 시를 이해하고 즐길 수 있는 능력이 길러지길 기대해 봅니다.

2017년 12월

김아란 박성우

일러두기

1. '2015 개정 교육과정'에 따른 중학교 검정 교과서 9종 『국어』 1-1, 1-2에 수록된 시들 중에서 42편을 가려 뽑고, 교과서 밖의 시 8편을 더해 총 50편을 수록하였습니다.

2. 시가 처음 수록된 시집이나 전집을 원본으로 삼았습니다.

3. 표기는 가급적 원문에 충실히 따르는 것을 원칙으로 하였습니다. 다만 시의 분위기나 어감을 해치지 않는 선에서 현행 표기로 바꾸기도 하였습니다. 띄어쓰기는 모두 현행 표기법에 따랐습니다.

4. 한자는 모두 한글로 바꾸고 꼭 필요한 경우에만 괄호 안에 넣었습니다.

5. 시 끝부분에 낱말 풀이를 달았습니다.

6. 활동의 예시 답안은 창비 홈페이지(www.changbi.com)의 '창비어린이 ─어린이/청소년 독서활동 ─심화자료실'에 있습니다.

차례

• '국어 교과서 작품 읽기' 전면 개정판을 펴내며　　　5
• 들어가는 시(정현정 시, 신미나 만화)　　　12

1부 나는 지금 꽃

• 이장근 ― 나는 지금 꽃이다　　　20
• 오세영 ― 별처럼 꽃처럼　　　22
• 오규원 ― 포근한 봄　　　25
• 박성우 ― 소나기　　　28
• 정진아 ― 참 힘센 말　　　30
• 서동균 ― 봄　　　32
• 양정자 ― 소녀들　　　34
• 허영자 ― 유년의 날　　　36
• 제페토 ― 동행　　　41
• 나희덕 ― 허락된 과식　　　43
• 이장희 ― 봄은 고양이로다　　　45
• 홍랑 ― 묏버들 가려 꺾어　　　47

2부 동해 바다

- 서정숙 — 빗방울 2   50
- 정현정 — 나무들의 목욕   52
- 신경림 — 동해 바다   54
- 윤동주 — 해비   56
- 박목월 — 여우비   58
- 하상욱 — 선풍기 바람   60
- 이상국 — 감자밥   62
- 정호승 — 풀잎에도 상처가 있다   64
- 최승호 — 북   66
- 이삼남 — 교실   68
- 이응인 — 수박끼리   70
- 김용택 — 이 바쁜 때 웬 설사   72
- 길상호 — 바람이 들렀던 집   74

3부 고래를 위하여

- 김영랑 — 오—매 단풍 들겄네   78
- 이시영 — 성장   80
- 정일근 — 바다가 보이는 교실   82
- 정호승 — 고래를 위하여   84
- 윤동주 — 서시   86
- 유승도 — 산마을엔 보름달이 뜨잖니   88

- 오세영 ― 유성   90
- 정현종 ― 떨어져도 튀는 공처럼   92
- 정진아 ― 가을볕   94
- 김장호 ― 그 한마디 말   96
- 문태준 ― 팽나무 식구   98
- 문무학 ― 품사 다시 읽기   100
- 윤선도 ― 오우가   103

4부 우리가 눈발

- 안도현 ― 우리가 눈발이라면   108
- 윤동주 ― 새로운 길   110
- 이준관 ― 딱지   112
- 안노헌 ― 너에게 묻는다   114
- 정일근 ― 신문지 밥상   116
- 복효근 ― 세상에서 가장 따뜻했던 저녁   118
- 하상욱 ― 시험 망쳤어   120
- 서정홍 ― 우리말 사랑 1   122
- 박명자 ― 눈 오는 마실   125
- 김광렬 ― 제주 잠녀   128
- 영천 이 씨 ― 까마귀 싸우는 골에   133
- 이직 ― 까마귀 검다 하고   135

- 나가는 시(정진아 시, 신미나 만화)   137

- 시인 소개 - 146   • 작품 출처 - 152   • 수록 교과서 보기 - 154

출동! 샴푸 요정

여러분!
샴푸 요정이 나타났습니다!

만화·
신미나

뭐, 요정이라면 대부분
가녀린 이미지를 떠올리지만

촤란!

머리는 비눗방울 퐁퐁
목욕 도구 완비

이 요정은 다부지고
튼튼한 아줌마 요정이랍니다

봄이 되면 근질근질한
나무들을 씻기러 나타납니다
봄 손님을 맞이해야 하거든요

끼야호

붕

몸에 비해 날개가 작기 때문에
쉼 없이 날갯짓을 하면서

때수건으로
영산홍 할머니의 묵은 때도 벗기고

아기 진달래의 코도
풀어 줍니다

조팝나무는
하얀 파우더를 뿌려
풍성한 거품을 냅니다

이 산도 북적북적 저 산도 부글부글
샴푸 요정의 몸에도
알록달록 물이 들었습니다

어느 날 우연히
공중을 떠다니는
비눗방울을 보게 된다면

여러분, 기억하세요

팟!

그건 샴푸 요정의 몸에서
떨어져 나온 비눗방울이란 걸

나무들의 목욕

나무들이
샤워하고 있다

저것 봐
저것 봐

진달래는 분홍 거품이
조팝나무는 하얀 거품이
영산홍은 빨강 거품이
보글보글 일고 있잖아

깨끗이 씻은 자리
씨앗 마중하려고
부지런히 목욕 중이야

온 산이 공중목욕탕처럼
색색의 거품으로 부글거리고 있어

-정현정 「씨앗마중」 (리문학과문화 2005)

1부

나는 지금 꽃

나는 지금 꽃이다

● 이장근

팔랑팔랑
나비가 날아다니는 것 같다

사각사각
미용실 누나 손에 들린 은빛 가위

붙었다 떨어졌다
내 머리 주위를 날아다닌다

폴폴 날리는 꽃가루
살랑살랑 나는 은빛 나비

나는
지금

꽃이다

나비는 잘 안 걸어 다닙니다. 왜 그럴까요? 발에 흙이 묻으면 꽃이 더러워지니까 그러는 건 아닐까요? 와, 나는 지금 꽃이고 내 머리 위로는 팔랑팔랑 나비가 날아다니고 있습니다. 미용실에서 머리 깎는 모습을 시인은 나비와 꽃이 만나는 장면으로 보여 주고 있는데요. 와와, 정말 멋지지 않나요? 그리고 보니 "미용실 누나 손에 들린 은빛 가위"가 정말 나비 같군요. 팔랑팔랑 예쁘고 멋지게 날아다니는 은빛 나비. "붙었다 떨어졌다/내 머리 주위를 날아"다니는 은빛 나비. 어쩌면, 이 은빛 나비가 살랑살랑 사각사각 날아다닐 때마다 내 머리에서 꽃가루가 풀풀 날리는 건 당연한 일일지도 모르겠어요. 와 와와, 나는 지금 꽃이니까요.

내가 지금 꽃이라면 어떤 꽃 되고 싶은가요, 그 꽃 이름을 한번 써 보고 왜 그 꽃이 되고 싶은지도 써 볼까요?

별처럼 꽃처럼

● 오세영

교실은 온통 별밭이다.
초롱초롱 반짝이는 너희들의 눈
별 하나의 꿈,
별 하나의 희망,
별 하나의 이상.

교실은 흐드러진 장미밭이다.
까르르 웃는 너희들의 웃음
장미 한 송이의 사랑,
장미 한 송이의 열정,
장미 한 송이의 순결.

교실은 향긋한 사과밭이다.
수줍게 피어나는 너희들의 볼
사과 한 알의 보람,
사과 한 알의 결실,
사과 한 알의 믿음.

교실은 찬란한 보석밭이다.
너희들의 빛나는 이마
이름을 부르면 하나씩 깨어나는
사파이어,
에메랄드,
다이아몬드.

아 너희들은 영원히 빛나는
별밭이다.
꽃밭이다.

교실에 들어서기 전, 문을 빼꼼히 열고 친구들의 얼굴과 표정을 살펴보세요. 중학생이 된 친구들과 중학교 교실 모습은 초등학교 때와 어떻게 다른가요? 환경이 바뀌었지만 교실의 주인공은 여전히 여러분입니다.

이 시의 화자는 교실에서 여러분을 가르치는 선생님으로, 학생들이 사용하는 교실을 여러 가지 밭으로 빗대어 표현했어요. 초롱초롱한 눈은 별밭, 까르르 웃는 웃음은 장미밭, 수줍어 발그레해진 볼은 사과밭, 찬찬히 봐야 가치를 아는 이마는 보석밭으로요. 여러분은 자신의 교실을 무슨 밭이라고 생각하나요? 시인이 '어느 여자 중학교의 개교를 축하하며' 쓴 이 시는 이 세상 어떤 것보다 찬란하게 빛나고 사랑스러운 존재가 누구인지 금방 알게 해 줍니다.

 비슷한 성질이나 모양을 가진 두 대상을 'A는 B다.'라는 형식으로 표현하는 것을 은유법이라고 하지요. 「별처럼 꽃처럼」에서 '너희들은 영원히 빛나는 별밭(꽃밭)이다.'도 은유적인 표현입니다. 여러분의 교실과 친구들의 모습을 은유적으로 표현해 봅시다.

포근한 봄

• 오규원

눈이 내린다
봄이라서
봄빛처럼 포근한 눈

담장 위에 쌓이는 봄눈
나무 위에 쌓이는 봄눈
마당 위에 쌓이는 봄눈

그리고
마루에서 졸다가 깬
눈을 하고 앉은
새끼 고양이의 눈 속에도
내리는 봄눈

감았다 떴다 하는
새끼 고양이의 눈처럼
보드라운
봄

봄 하늘
봄 하늘의 봄눈

아, 포근하기도 하여라. 봄에 내리는 눈이라니요. 아아, 근사하기도 하여라. 자울자울 졸다가 깬 "새끼 고양이의 눈 속에도/내리는 봄눈"이라니요. 눈을 "감았다 떴다 하는/새끼 고양이의 눈처럼/보드라운" 봄눈이라니요. 참 신기하기도 하지요. 차가워야 할 눈이 보들보들 보드랍고 포근포근 포근하게 느껴지는 게 말이에요. 단순히, 봄눈이라서 그럴까요? 그렇진 않을 거예요 그렇죠? 봄 하늘에 내리는 '봄눈'과 마루에서 졸다가 깬 '고양이의 눈'이 겹치면서 묘하게 더 보드랍고 포근하게 느껴지는 것 같기도 하고, '봄눈'과 '고양이의 눈'에서의 '눈'이라는 말처럼 소리는 같으나 뜻이 다른 동음이의어가 포개지면서 오묘하게 더 좋은 느낌이 나는 것 같기도 해요.

「포근한 봄」에서는 봄눈이 담장 위에도 나무 위에도 마당 위에도 쌓이고 있는데요. 그곳들 말고 또 어디에 봄눈이 쌓이고 있을까요? 우리 모두 시인이 되어 멋지게 상상해 써 보기로 해요.

(   ) 위에 쌓이는 봄눈
(   ) 위에 쌓이는 봄눈
(   ) 위에 쌓이는 봄눈

소나기

● 박성우

 화단 그늘에 들어 낮잠을 자던 고양이가 벌떡 일어나 비의 신발장에서 구두를 꺼내 신고 교실 난간으로 뛰어오른다 쿵쿵 쿵쿵 쿠구궁 쿵쿵, 셔플 댄스를 춘다 얘들아 잠깐, 나랑 같이 셔플 댄스 안 출래? 우리들은 책상 위로 올라가고 선생님은 교탁 위로 올라가 쿵쿵 쿵쿵 쿠궁 쿵쿵, 셔플 댄스를 춘다 얼마나 신났으면 책상과 교탁 위로 올라가 춤을 출까요? 쿵쿵 쿵쿵 쿠궁 쿵쿵. 의성어만 들어도 어깨춤이 절로 나고 발이 움직여요. 빗소리를 들으면서 아이들과 선생님이 혼연일체가 되는 장면은 참 아름답습니다. 그것을 그려 내는 시인도, 시를 읽는 독자도 함께 춤을 추게 하네요. 이렇게 춤 출 수 있는 교실은 어떤 곳일까요? 이 시가 실린 시집 끝에서 작가가 말한 것처럼 "앞서간 애들이 있다고 해서 너와 내가 뒤처진 길을 가는 건 아니야!"라고 생각할 수 있는 곳이겠지요. 아이들과 선생님이 하나 되어 셔플 댄스를 추는 그런 교실을 꿈꿉니다.

박성우 시인은 10대의 삶과 속내를 진솔하게 표현하여 시가 쉽고 재미있다는 것과 시 읽기가 즐거운 일임을 알려 주고 있답니다.

 학교에서 생활하다 보면 언짢은 경우도 있지만 춤을 추는 것처럼 하나가 되어 행복감을 맛볼 때도 있을 것입니다. 친구들(또는 선생님)과 함께 하나가 되었던 경험을 생각해 보고 어떤 일이었는지 말해 봅시다.

참 힘센 말

• 정진아

말은
힘이 세지,
정말 힘이 세지.

짐수레를 끌고
따각따각 달리는 말보다
말은
힘이 더 세지.

"미안해." 한마디면
서운했던 생각이 멀어지고
화난 마음 살살 녹지.

"잘할 수 있어." 한마디에
가슴이 따뜻해지고
없던 힘도 불끈 솟지.

맞아요. 말은 힘이 세요. "짐수레를 끌고/따각따각 달리는 말보다/말은/힘이 더 세지"요. 고마워, 괜찮아, 기뻐, 다행스러워, 미안해. 그래, 미안해. 속상하고 화가 난 나에게 쭈뼛쭈뼛 다가와 "미안해."하고 말하면서 멋쩍게 웃어 오면 "서운했던 생각이 멀어지고/화난 마음 살살 녹지"요. 반가워, 보고 싶어, 뿌듯해, 사랑해, 상쾌해, 상큼해, 설레. 그러다가도 시험을 망치면 속상해. 버스가 안 오면 짜증 나, 좋아하는 애가 내 마음을 몰라 주면 슬퍼. 친구들이랑 수다를 떨다가 혼자 있게 되면 마냥 쓸쓸해. 반 친구들 앞에서 발표라도 좀 할라치면 떨려, 마구 떨려. 힘내, 넌 "잘할 수 있어." 응원해 주는 말 한마디에 "가슴이 따뜻해지고/없던 힘도 불끈 솟지"요. 말은 힘이 세니까요.

"말은/힘이 세지,/정말 힘이 세지." 내게 있어 가장 '힘센 말'은 뭘까요? 무슨 말을 들으면 불끈불끈 힘이 날까요? 요즘 들어 내가 가장 듣고 싶은 말을 간단한 이유와 함께 적어 볼까요?

・ 내가 가장 듣고 싶은 말:

・ 이유:

봄

● 서동균

쉿!
봐 봐, 움직이잖아
꿈틀꿈틀
개똥쑥 같은 그늘에서
초록 햇살을 품고 가는 애벌레야

어릴 적 길을 가다 작은 개미 한 마리라도 발견하면 호기심 가득한 눈으로 한참 시간을 보낸 경험은 누구나 있을 거예요. 살짝 건드려 꿈틀하면 깜짝 놀라기도 하고 동그랗게 커진 눈으로 신기한 듯 쳐다보던 아이들. 아이들은 개똥쑥 같은 그늘에서 애벌레를 발견합니다. 그것도 초록 햇살을 가득 품고 가는 애벌레를요. 봄도 그렇게 조용히 조금씩 우리 곁으로 다가오겠지요.

생명력을 지닌 순수한 아이들과 싱그러운 초록 햇살을 품은 애벌레, 그리고 그것을 보고 있는 화자의 눈. 이 모든 것이 '봄'의 이미지와 잘 어울립니다. 여러분이라면 봄을 어떻게 표현하고 싶은가요?

 「봄」은 『세상에 하나뿐인 디카 시』라는 시집에 실린 시로, 영상과 문자(5행 이내)가 반반씩 어우러질 때 한 편의 '디카 시'가 완성된다고 합니다. 여러분도 자신이 표현하고자 하는 대상(상황)을 사진으로 찍은 후, 디카 시로 표현해 봅시다.

소녀들

● 양정자

철쭉, 산당화, 매화, 모란, 라일락, 다투어 피어나고 있는
향그런 5월 학교 꽃밭 앞에서
한 떼의 소녀들이 재깔거리며
사진을 찍고 있네
피어나는 꽃보다 훨씬 더 눈부신
자기들이 꽃인 줄도 까마득히 모르는 채

지금 학교 화단에는 무슨 꽃이 피어 있나요? 우리 학교 화단에 피어 있는 꽃 중에 내가 아는 꽃 이름은 몇이나 되나요? 시인은 그냥 꽃이라 하지 않고 "철쭉, 산당화, 매화, 모란, 라일락"이라고 꽃 이름을 하나하나 불러 주고 있네요. 꽃의 입장에선 좋겠지요? 누군가가 날 알아보고 이름을 불러 주면 기분이 좋듯 꽃도 그럴 테니까요. 멀쩡한 내 이름 놔두고 그냥 '사람아!' 하고 부른다면 여간 서운한 일이 아닐 테니까요. 우리는 왜 꽃을 보면 꽃 앞에서 사진을 찍고 싶어 할까요? 여기 소녀들도 학교 꽃밭에 모여 조금은 떠들썩하게 사진을 찍고 있네요. "피어나는 꽃보다 훨씬 더 눈부신/자기들이 꽃인 줄도 까마득히 모르는 채" 말이에요.

 나는 무얼 하고 있을 때 '꽃' 같은 모습일까요? 미친 듯이 공부할 때라고요? 에이, 거짓말. 뭐, 치킨 먹을 때요? 급식 먹을 때요? 주로 먹는 걸 할 때 꽃이 되는군요. 그 무엇이든 좋습니다. 나는 무얼 할 때 눈부신 꽃이 되는지 신나게 써 보기로 해요.

• 내가 꽃처럼 눈부시게 피어날 때:

유년의 날 (경상도 사투리로)

● 허영자

또랑가에 버들강생이
몽오리 부풀더이
참꽃 개꽃 뒤를 이어
복사꽃도 필락칸다

힝이야
보리는 고개를 숙일 듯 말 듯이
거섶죽도 다 못 채운
허기진 진진 봄날

북망산천 북망산천
꽃생이 나갈 때마다
정지문 붙잡고 서서
설비 울던 형이야

저 건너 동네에선
꽹매기 치는 소리
사람들은 흰옷 입고

햇체 가는 갑는데

공굴 다리 아래
거적대기 움막 속엔
눈물 번들번들
문딩이가 울고 있다.

유년의 날 (표준어로)

● 허영자

개울가에 버들강아지
몽우리 부풀더니
진달래 철쭉 뒤를 이어
복숭아꽃도 피려 한다

언니야
보리는 고개를 숙일 듯 말 듯이
나물죽도 다 못 채운
허기진 긴긴 봄날

북망산천 북망산천
꽃상여 나갈 때마다
부엌문 붙잡고 서서
섧게 울던 언니야

저 건너 동네에선
꽹과리 치는 소리
사람들은 흰옷 입고

놀이 가는 것 같은데

콘크리트 다리 아래
거적 움막 속엔
눈물 번들번들
문둥이가 울고 있다.

버들강아지, 진달래, 철쭉 등 온갖 꽃들이 피는 아름다운 봄이지만, 허기지고 슬프기 짝이 없는 봄날이네요.

나물죽조차도 배불리 먹을 수 없으니 말입니다. 흥겨운 꽹과리 소리에 깨끗한 흰옷 차려입고 놀러 가는 이도 있지만 다리 밑 초라한 거적 움막 속에서 울고 있는 문둥이들의 눈물 젖은 모습은 고운 봄날을 애달프게 합니다.

이 시는 고향 사투리로 쓴 시를 모은 『요 엄창 큰 비바리야 냉바리야』에 실린 것입니다. 경상남도 함양에서 태어나고 성장한 시인이, 해방과 6·25 전쟁 등을 겪으면서 가난하고 힘들었던 유년의 이야기를 경상도 사투리로 절절하고 가슴 아프게 표현했네요.

 「유년의 날」의 1연을 표준어로 바꾼 시를 읽고, 경상도 사투리를 썼을 때와 비교하여 느낌을 말해 봅시다.

또랑 가에 버들강생이 몽오리 부풀더이 참꽃 개꽃 뒤를 이어 복사꽃도 필락칸다		개울가에 버들강아지 몽우리 부풀더니 진달래 철쭉 뒤를 이어 복숭아꽃도 피려 한다

동행

● 제페토

보이지 않아도 내 다 안다
툭, 하고 목줄 당기면
삼나무 숲에 가자 하는 것임을

보이지 않아도 내 다 안다
행여 목이 조이지 않을까
때때로 돌아보는 선한 눈을

저무는 하늘을 볼 수 없는 나는
시간 가는 줄을 모른다

그래도 내 다 안다
툭, 하고 목줄 당기는 그때가
우리 아쉽게 돌아가야 할 때임을

• 이 시는 '앞 못 보는 개의 눈이 되어 준 안내견 감동'이라는 인터넷 뉴스(『마이데일리』 2011. 10.
24.)를 보고 '댓글'로 쓴 것이라고 한다.

제페토의 「동행」은 시인이 '앞 못 보는 개의 눈이 되어 준 안내견 감동'이라는 인터넷 뉴스를 보고 댓글을 달 듯 쓴 시라고 하는데요. 뉴스 내용을 요약해 보면 '여섯 살인 개 릴리는 과하게 자란 속눈썹에 눈을 찔려 태어난 지 18개월 되던 때에 실명'을 했다고 하는데요. 같이 지내는 '맹인 안내견인 일곱 살 개 매디슨이 앞을 보지 못하는 개 릴리의 눈이 되어 5년간'이나 함께했다고 합니다. 정말 대단하죠. 이러한 사실 때문일까요? 이 시는 특이하게도 화자가 앞을 보지 못하는 개인데요. 둘이 동행해 삼나무 숲을 다녀오는 모습이 감동적이기만 합니다. 아 참, 제페토라는 이름만 보고 '외국 시인인가?' 했을 텐데요. 우리나라 시인이고, 제페토는 닉네임이랍니다.

 강아지나 고양이 같은 동물을 좋아하는 친구들 많을 텐데요. 동물 입장이 되어 동물이 나에게 무슨 말을 하고 싶어 하는지 세 줄 내외로 말해 볼까요?

허락된 과식

● 나희덕

이렇게 먹음직스러운 햇빛이 가득한 건
근래 보기 드문 일

오랜 허기를 채우려고
맨발 몇이
봄날 오후 산자락에 누워 있다

먹어도 먹어도 배부르지 않은
햇빛을
연초록 잎들이 그렇게 하듯이
핥아 먹고 빨아 먹고 꼭꼭 씹어도 먹고
허천난 듯 먹고 마셔 댔지만

그래도 남아도는 열두 광주리의 햇빛!

• **허천난** 몹시 굶주리어 지나치게 음식을 탐하는.

아무리 먹어도 배가 부르지 않은 것은 무엇일까요? 핥아 먹고 빨아 먹고 씹어 먹어도 여전히 남아도는 이것.

봄날 오후 산자락에 누워 온몸으로 햇빛을 받고 있는 화자의 여유롭고 행복한 마음이 전해져, 남아도는 햇빛을 받으러 한달음에 달려가고 싶습니다. 햇빛을 이렇게 섬세하고 감각적으로 표현한 시가 또 있을까요.

"열두 광주리의 햇빛"은 '떡 다섯 개와 물고기 두 마리로 수천 명을 먹이고도 열두 광주리가 남았다.'라는 성경 구절을 떠올리게 합니다. 허천난 듯 먹고 마셔도 그대로인 햇빛, 그 밝고 풍요로운 햇빛을 시인은 사랑합니다. 하지만 먹어도 먹어도 그대로인 햇빛은, 채워도 채워도 비어 있는 우리들 삶의 뒷면 같기도 해요.

「허락된 과식」의 화자처럼 '먹어도 먹어도 배부르지 않은 햇빛'과 같은 것을 자신의 삶에서 찾아보고 그 이유를 써 봅시다.

봄은 고양이로다

● 이장희

꽃가루와 같이 부드러운 고양이의 털에
고운 봄의 향기가 어리우도다.

금방울과 같이 호동그란 고양이의 눈에
미친 봄의 불길이 흐르도다.

고요히 다물은 고양이의 입술에
포근한 봄의 졸음이 떠돌아라.

날카롭게 쭉 뻗은 고양이의 수염에
푸른 봄의 생기가 뛰놀아라.

• **호동그란** 또렷하게 동그란. 매우 동그란.

고양이 좋아하는 친구들 많죠. 저도 고양이를 무척 좋아하는데요. 고양이를 보면 어디를 맨 처음 보세요? 이장희 시인은 고양이의 털을 먼저 보고 있군요. 다음엔 눈을 보고 그다음엔 입술을 보고 있네요. 마지막엔 어딜 보죠? 맞아요. 수염을 보고 있습니다. 시인은 왜 봄은 고양이라고 말했을까요? 시인의 시선을 따라가다 보니 고양이의 털에는 "고운 봄의 향기"가 어리고 있군요. 고양이의 눈에는 "미친 봄의 불길"이 흐르고, 고양이의 입술에는 "포근한 봄 졸음"이 떠돌고 있는데요. 끝으로 고양이의 수염엔 "푸른 봄의 생기"가 뛰놀고 있습니다. 시인은 봄과 고양이의 비슷한 점을 어떻게 이렇게 감각적으로 찾아냈을까요? 그러고 보니 봄이 고양이 같기도 하고, 고양이가 봄 같기도 합니다.

시인은 봄을 고양이로 봤는데요. 봄을 고양이 말고 다른 동물로 볼수도 있겠지요. 내가 보기에 봄은 어떤 동물 같은지 예문처럼 한번써 볼까요?

〔예문〕 봄은 '하마'로다. 왜 그러냐 하면 봄에는 입을 크게 벌리고 자꾸 하품을 하게 되니까.

46

묏버들 가려 꺾어

● 홍랑

묏버들 가려 꺾어 보내노라 님의 손에
자시는 창밖에 심어 두고 보소서
밤비에 새잎이 나거든 날인가도 여기소서

- **묏버들** 산버들.
- **자시는** 주무시는.
- **날인가도** 나인가도.

너무나 사랑하지만 그 사람과 만날 수 없다면 여러분은 어떻게 하겠나요? 홍랑은 조선 선조 때 시에 능한 함경도 기녀로, 당시 이름난 시인 고죽 최경창을 만나 사랑에 빠집니다. 하지만 홍랑은 임금의 부름에 한양으로 돌아갈 수밖에 없는 고죽과 이별하게 되자, 묏버들을 꺾어 시 한 수와 함께 그에게 보냈다고 합니다. 밑으로 늘어진 버들(버드나무) 가지의 한들거리는 모습은 가냘픈 여인을 연상하게도 하지요.

비록 몸은 떨어져 있으나 항상 임의 곁에 있겠다는 다짐이었을까요? 묏버들을 보내는 화자에게서 임을 향한 짙은 그리움이 느껴지네요. 홍랑은 고죽이 죽은 뒤에 수년간 홀로 묘를 지켰고, 임진왜란 때도 고인의 유품을 지켜 후손에게 전했다고 하는데요. 홍랑의 삶이 애달프면서도 당당해 보입니다.

 추상적인 사물이나 관념 또는 사상을 구체적인 사물로 나타내는 방법을 '상징'이라 하지요. 「묏버들 가려 꺾어」에서 '묏버들'이 상징하는 것이 무엇인지 말해 봅시다.

2부

동해 바다

빗방울 2

● 서정숙

톡톡
튕기다

파르르
떨다가

쪼르르
달리다

주루룩
미끄럼

비 오는 날
차 창문은

물방울
놀이터

깜찍하고 귀여운 시입니다. 이 시는 비 오는 날 차창에 떨어지는 빗방울을 그리고 있는데요. 마치 꼬마 아이가 놀이터에서 신나게 미끄럼틀을 타며 놀고 있는 모습을 보고 있는 것만 같습니다. 시인은 어떻게 비 오는 날 차창에 떨어지는 빗방울을 보고 '물방울 놀이터'를 상상해 냈을까요. 빗방울이 진짜 물방울 놀이터에서 노는 것처럼 쪼르르 달려 나가고 주루룩 미끄러지는 모습이 눈에 선합니다. 아무튼 이런 시를 읽다 보면 우리도 덩달아 기분이 좋아지는 것 같은데요. '톡톡', '파르르', '쪼르르' 같은 부사와 '튕기다', '떨다', '달리다' 같은 동사가 조화를 이루며 빗방울의 모습이 더욱 생생하게 전해지는 것 같습니다.

 시인은 '물방울 놀이터'에서 노는 빗방울의 모습을 시로 그렸는데요. 우리는 '빗방울'을 '함박눈'으로 바꿔서 모방 시를 한 편 써 볼까요?

나무들의 목욕

● 정현정

나무들이
샤워하고 있다

저것 봐
저것 봐

진달래는 분홍 거품이
조팝나무는 하얀 거품이
영산홍은 빨강 거품이
보글보글 일고 있잖아

깨끗이 씻은 자리
씨앗 마중하려고
부지런히 목욕 중이야

온 산이 공중목욕탕처럼
색색의 거품으로 부글거리고 있어.

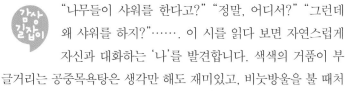

"나무들이 샤워를 한다고?" "정말, 어디서?" "그런데 왜 샤워를 하지?"……. 이 시를 읽다 보면 자연스럽게 자신과 대화하는 '나'를 발견합니다. 색색의 거품이 부글거리는 공중목욕탕은 생각만 해도 재미있고, 비눗방울을 불 때처럼 마음도 둥실둥실 가벼워져요.

시인은 샤워기의 물줄기처럼 쏟아지는 봄 햇살이 가득한 산에 온갖 꽃들이 형형색색 비누 거품처럼 수북이 피어 있는 모습을 표현하고 있습니다. 나무들이 목욕을 깨끗이 하고 간절히 기다리는 일, 그것은 바로 '씨앗 마중'입니다. 씨앗이 나온다는 것은 꽃이 진 자리에 새 잎사귀가 돋고 열매가 맺는 것처럼 소중하고 귀한 일이지요. 새로운 생명을 맞이하기 위한 나무들의 의식이 참으로 아름답습니다.

 활동
「나무들의 목욕」에서 '씨앗 마중'이란 무슨 뜻일지 생각해 보고, 여러분이 지금 간절히 마중하고 싶은 것은 무엇인지 말해 봅시다.

동해 바다 —후포에서

● 신경림

친구가 원수보다 더 미워지는 날이 많다
티끌만 한 잘못이 맷방석만 하게
동산만 하게 커 보이는 때가 많다
그래서 세상이 어지러울수록
남에게는 엄격해지고 내게는 너그러워지나 보다
돌처럼 잘아지고 굳어지나 보다

멀리 동해 바다를 내려다보며 생각한다
널따란 바다처럼 너그러워질 수는 없을까
깊고 짙푸른 바다처럼
감싸고 끌어안고 받아들일 수는 없을까
스스로는 억센 파도로 다스리면서
제 몸은 맵고 모진 매로 채찍질하면서

• **후포** 경상북도 울진군 후포면에 있는 작은 항구.
• **맷방석** 맷돌을 쓸 때 밑에 까는, 짚으로 만든 방석.

맞아요. 친구가 미워지는 날이 있어요. 아주 사소한 일이나 오해 탓에 아주 가까이 여겼던 친구가 그야말로 원수처럼 여겨지는 때가 있어요. 내 잘못은 안 보이고 친구의 '티끌'만 한 잘못만 '동산'처럼 커 보이는 때가 분명 있어요. 내 잘못에 대해서는 한없이 너그럽고 상대방 잘못에 대해서는 한없이 엄격하게? 시인은 동해 바다를 바라보면서 생각하는군요. "널따란 바다처럼 너그러워질 수는 없을까", "깊고 짙푸른 바다처럼/감싸고 끌어안고 받아들일 수는 없을까", 그러면서 마음을 다잡는데요. "스스로는 억센 파도로 다스리면서"와 "제 몸은 맵고 모진 매로 채찍질하면서"라는 구절에선 결기와 단호함까지 느껴집니다.

 여러분도 누군가가 미워질 때가 있었을 텐데요. 내가 어떤 행동이나 말을 할 때 친구는 나를 미워할까요? 짧은 글로 써 보기로 해요.

해비

● 윤동주

아씨처럼 내린다.
보슬보슬 해비
맞아 주자, 다 같이
    옥수숫대처럼 크게
    닷 자 엿 자 자라게
    해님이 웃는다.
    나보고 웃는다.

하늘 다리 놓였다.
알롱달롱 무지개
노래하자, 즐겁게
    동무들아 이리 오나.
    다 같이 춤을 추자.
    해님이 웃는다.
    즐거워 웃는다.

• **해비** 볕이 나 있는 날 잠깐 오다가 그치는 비. 여우비.

해비는 '볕이 있는 날 잠깐 오다가 그치는 비'입니다. 해가 있을 때 내리는 비라서 '해비'라고 이름이 붙여졌지요. 맑게 갠 화창한 날 갑자기 내리는 비가 참 엉뚱하기도 하고 묘하게 신기하기도 하여 우리 조상들은 이런 비를 '여우비'라고 불렀어요.

순수한 동심을 지닌 화자는, 해비가 꼭 아씨처럼 내린다 했지요. 수줍은 듯 잠시 나타났다 금방 숨어 버리는 아씨는 해비와 닮은 데가 있어요. 이렇게 신기하고 재밌는 비를 아이들이 그냥 지나칠 리 없지요. 게다가 옥수숫대처럼 쑥쑥 자랄 수 있게 기꺼이 맞아 주지요. 해비 뒤에는 무지개가 뜹니다. 드넓은 하늘을 이어 주는 고운 다리 같은 무지개는 보는 것만으로도 탄성을 자아내며, 절로 아이들에게 꿈과 희망을 담아 노래하고 춤추게 합니다.

 「해비」에는 표현하고자 하는 대상을 다른 대상에 빗대어 시의 느낌을 잘 살려 내고 있습니다. 표현하고자 하는 대상과 빗대어 표현한 대상을 각각 찾아보고, 서로 유사점이 무엇인지 써 봅시다.

여우비

● 박목월

땡볕 나는데
오는 비
여우비

시집가는 꽃가마에
한 방울 오고
뒤에 가는 당나귀에
두 방울 오고

오는 비
여우비
쨍쨍 개었다

여름철 따갑게 내리쬐는 뜨거운 볕을 '땡볕'이라고 하지요. 앞의 시 「해비」에서 보았듯이 볕이 나 있는 날에 잠깐 오다가 금세 그치는 비를 '여우비'라고 합니다. 1연에서는 여우비가 오는 모습을 간결하게 보여 주고 있습니다. 2연에서는 시집가는 꽃가마가 나오고 뒤 따라가는 당나귀도 나오는데요. 당나귀에는 과연 누가 타고 있을까요? 꽃가마에는 비가 '한 방울' 오고 당나귀에는 '두 방울'이 온다고 표현합니다. 3연에 들어서는 여우비가 그치고 해가 쨍쨍 뜨는데요. 참 신기하기만 하지요. 시인이 몇 마디 하지도 않은 것 같은데 시 속 상황이 선명하게 들어옵니다. 꼭 필요한 최소한의 언어만을 쓰고 있는데도 어떤 여자가 시집가는 모습까지 드러나 있습니다.

여러분은 비를 맞아 본 적이 한 번쯤은 있겠지요? 그때 내가 맞았던 비는 어떤 비였을까요? 우리말에는 비의 종류가 참 많기도 한데요. 아래의 몇 가지 비는 어떤 비인지 사전을 찾아 가며 알아보기로 해요.

단비 / 안개비 / 작달비 / 모종비

선풍기 바람

● 하상욱

얼마 전까지
넌 정말 차가웠지

하지만 요즘
넌 많이 달라졌지

단 네 줄의 시입니다. 제목을 보지 않고 읽었을 때는, 차가웠던 연인의 달라진 모습을 표현한 시 같았어요.

그런데 '선풍기 바람'이라는 제목을 보고 웃음이 나왔어요. "시인의 특별한 감성을 느끼는 글이 아닌 당신의 평범한 감성을 꺼내는 글이 서울 시"(『서울 시』, 중앙북스 2013)라고 한 작가의 말이 공감되는 순간이었죠.

하상욱 시인은 페이스북에 우연히 올린 네 줄의 시로 SNS(누리 소통망) 시인이 되었답니다. 'SNS 시'는 SNS에서 창작되고 전해지는 시로서, 휴대 전화 한 화면 안에 모두 보이도록 길이가 짧고, 인터넷에서 공유되기 때문에 독자가 바로 읽고 반응합니다. 가벼운 것 같으나 재치 있고 유쾌한 시, '맞아, 그렇지!' 하며 고개가 끄덕여지는 시이지요.

하상욱 시인은 시를 쓸 때 제목을 정해 놓은 후 퍼즐 맞추기 식으로 시의 내용을 채워 나가면서 썼다고 합니다. 집어넣었다가 뺐다를 반복하면서요. 여러분도 SNS 시인이 되어 시를 써 봅시다.

감자밥

● 이상국

하지가 지나고

햇감자를 물에 말아 먹으면

사이다처럼 하얀 거품이 일었다

그 안에는 밭둔덕의 꽃들이나

소 울음이 들어 있었는데

나는 그게 먹기 싫어서

여름내 어머니랑 싸우고는 했다

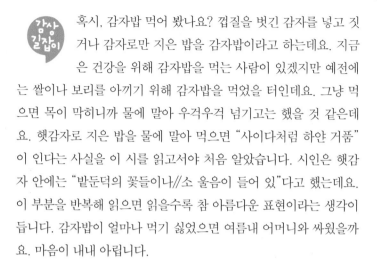

 혹시, 감자밥 먹어 봤나요? 껍질을 벗긴 감자를 넣고 짓거나 감자로만 지은 밥을 감자밥이라고 하는데요. 지금은 건강을 위해 감자밥을 먹는 사람이 있겠지만 예전에는 쌀이나 보리를 아끼기 위해 감자밥을 먹었을 터인데요. 그냥 먹으면 목이 막히니까 물에 말아 우걱우걱 넘기고는 했을 것 같은데요. 햇감자로 지은 밥을 물에 말아 먹으면 "사이다처럼 하얀 거품"이 인다는 사실을 이 시를 읽고서야 처음 알았습니다. 시인은 햇감자 안에는 "밭둔덕의 꽃들이나//소 울음이 들어 있"다고 했는데요. 이 부분을 반복해 읽으면 읽을수록 참 아름다운 표현이라는 생각이 듭니다. 감자밥이 얼마나 먹기 싫었으면 여름내 어머니와 싸웠을까요. 마음이 내내 아립니다.

「감자밥」에서 감자밥이 먹기 싫어서 어머니와 싸우고는 했다는 점이 안타깝기만 한데요. 우리 친구들은 어떤 이유로 엄마나 아빠 같은 어른과 다퉈 봤나요? 가장 기억에 남는 것 한 가지씩만 써 보기로 해요.

풀잎에도 상처가 있다

● 정호승

풀잎에도 상처가 있다
꽃잎에도 상처가 있다
너와 함께 걸었던 들길을 걸으면
들길에 앉아 저녁놀을 바라보면
상처 많은 풀잎들이 손을 흔든다
상처 많은 꽃잎들이
가장 향기롭다

이 세상에 상처 없는 사람이 있을까요? 사람들은 대부분 상처를 두려워하고 상처 없는 삶을 바랍니다. 하지만 생명이 있는 것은 무엇이든 살아가면서 상처를 입기 마련입니다.

"너와 함께 걸었던 들길을 걸으면/들길에 앉아 바라본 저녁놀을 바라보면"에서, 화자는 지금 사랑하는 사람과 이별한 상황이란 것을 짐작할 수 있어요. 상처 많은 풀잎과, 상처 많은 꽃잎은 이런 화자의 속마음을 알고 이렇게 조용히 속삭일지도 모르겠어요. '네 인생만 아픈 게 아냐. 슬픔 없는 사람은 없어. 상처가 네 인생을 뿌리째 흔들리게 할지도 몰라. 하지만 그 상처들이 오히려 너를 더 강인하고 향기롭게 만들 거야.'

상처 입은 꽃잎들이 내뿜는 향기를 맡을 수 있는 사람이 바로 여러분이면 좋겠어요.

 「풀잎에도 상처가 있다」에서 화자는 '풀잎(꽃잎)'을 사람처럼 대하면서 상처 많은 풀잎(꽃잎)을 삶과 연관 짓고 있습니다. 마지막 부분에서 "상처 많은 꽃잎들이/가장 향기롭다"라고 한 이유는 무엇일까요?

북

● 최승호

고래들이 꼬리를 들어
바다를 친다
탕 탕 탕
바다가 커다란 북이다

하늘에서는 천둥이 친다
쾅 쾅 쾅
하늘이 커다란 북이다

내 가슴에서는 심장이 뛴다
쿵 쿵 쿵
가슴이 북이다

눈으로 시를 읽지만 귀로도 시를 읽는 느낌이 들지요? 귀에서 북소리가 들리는 것만 같지요. 그렇습니다. 최승호 시인의 「북」은 무엇보다 청각적 이미지가 강렬한 시입니다. 이로 인해 생동감과 더불어 역동적인 힘이 느껴지는데요. 1연에서는 고래들이 꼬리로 "탕 탕 탕" 바다를 치는 소리가 힘차게 들려오고, 2연에서는 하늘에서 천둥 치는 소리가 "쾅 콰앙 쾅" 우렁차게 들려옵니다. 이 시의 압권은 바로 3연이 아닐까 하는데요. 그 이유는 바로 다른 곳 아닌 내 가슴에서 "쿵 쿵 쿵" 심장 뛰는 소리가 들려오기 때문일 것입니다. 이 심장 뛰는 소리에서 설렘이 느껴지기도 하는데요. 바다와 하늘이 내는 북소리와는 달리 내 가슴이 내는 북소리는 귀가 아닌 마음으로 듣고 싶기도 합니다.

 여러분도 두근두근, 마음이 설레어 여느 때보다도 더 심장이 '쿵 쿵 쿵' 뛰던 경험이 있을 텐데요. 지금껏 살아오면서 언제 가슴이 가장 뛰었는지요? '쿵 쿵 쿵'이라는 말을 넣어서 짧은 글로 써 볼까요?

교실

꽃망울이다
청춘의
닫히지 않은 성장판이다

꽃의 속살은
움츠린 시간처럼
고요히
제각각
자라나고 있다

빅뱅 이전의 숨죽인 우주다

꽃망울은 아직 피지 않은 어린 꽃봉오리입니다. 꽃잎으로 겹겹이 에워싸인 채 멈추어 있는 듯하지만, 사실 시시각각 변화하며 성장하고 있어요. 화자는 숨죽인 듯 고요한 교실에서 조용하고 깊은 눈으로 아이들을 바라보는 따뜻한 선생님 같습니다. 중학교 1학년에게 이렇게 숨죽인 듯 고요한 교실이 있을까 싶지만, 조용하든 소란스럽든 그 교실 안에서 숨 쉬는 아이들은 모두 "꽃망울"이며, "청춘의/닫히지 않은 성장판"입니다.

대폭발이 일어나기 전 우주를 상상해 봐요. 과학이 설명할 수 없는 이 신비한 세계, 시간도 공간도 존재하지 않는 혼돈 속에서 에너지만 가득 찬 태초의 우주. 빅뱅 이전 숨죽인 우주와 무수한 가능성을 품고 있는 아이들의 닮은 점을 찾아낸 시인의 안목이 놀랍네요.

 「교실」에서 '빅뱅 이전의 숨죽인 우주'와 시인이 말한 교실 속 아이들은 어떤 점이 유사한지, 시와 감상 길잡이를 읽고 정리해 봅시다.

수박끼리

● 이응인

수박이 왔어요 달고 맛있는 수박
김 씨 아저씨 1톤 트럭 짐칸에 실린 수박
저들끼리 하는 말

형님아 밑에 있으이 무겁제, 미안하다. 괘안타, 그나저나
제값에 팔리야 될 낀데. 내사 똥값에 팔리는 거 싫타. 내 벌
건 속 알아주는 사람 있을 끼다 그자. 그래도 형님아 헤어지
마 보고 싶을 끼다. 간지럽다 코 좀 고만 문대라. 그래, 우리
는 사람들 속에 들어가서 다시 태어나는 기라.

털털거리며 저들끼리 얼굴을 부비는 수박들.

수박 좋아하세요? 김 씨 아저씨가 1톤 트럭 짐칸에 달고 맛있는 수박을 싣고 왔군요. 우리도 시인처럼 귀 기울이면 '수박끼리' 하는 말을 들을 수 있을까요? 특히나 "형님아 밑에 있으이 무겁제"로 시작하는 2연에서 수박끼리 나누는 대화는 사투리가 생생하게 살아 있어 매우 인상 깊은데요. 위에 있는 동생 수박이 밑에 있는 형님 수박에게 무겁지 않으냐고 물으며 미안하다고 먼저 말을 떼니, 형님 수박은 그야말로 형님답게 괜찮다고 말합니다. 또한, 형님 수박과 동생 수박은 똥값이 아니라 제값에 팔리기를 원하고 있는데요. 둘이 헤어지면 보고 싶겠지요? "간지럽다 코 좀 고만 문대라"에서는 넌지시 웃음이 나기도 하는데요. 사람들 속에 들어가 다시 태어날 수박에게 고맙다는 말을 해야 할 것만 같습니다.

「수박끼리」에 나오는 동생 수박과 형님 수박에게 해 주고 싶은 말 한 마디를 써 볼까요?

이 바쁜 때 웬 설사

● 김용택

소낙비는 오지요
소는 뛰지요
바작에 풀은 허물어지지요
설사는 났지요
허리끈은 안 풀어지지요
들판에 사람들은 많지요

• **바작** 바지게. 싸리나 대로 조개 모양처럼 엮어서 만든 발채를 지게에 얹어 두엄이나 거름 등을
나를 때 사용하는 지게.

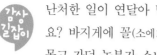 난처한 일이 연달아 발생하여 허둥거려 본 적이 있나요? 바지게에 꼴(소에게 먹일 풀)을 한가득 지고서 소를 몰고 가던 농부가 소나기를 만납니다. 갑자기 굵은 빗발이 쏟아지자 소가 놀라서 뜁니다. 고삐를 잡은 농부도 소를 따라 뛸 수밖에 없겠지요. 그러니 지게의 풀이 이리저리 흔들려 허물어져 내립니다. 이 와중에 웬 설사까지 나오려고 하네요. 들판에 화장실은 있을 리 없고 아무 데나 뒷일을 봐야겠는데 허리끈은 안 풀어지고 보는 사람들은 많아서 난감하기 짝이 없네요. 이 시는 이런 상황에 놓인 농부의 우스운 모습을 직접 눈앞에서 보는 듯이 너무도 실감 나게 표현했지요. 시인의 어머니가 농사철에 직접 보신 광경을 시인이 듣고 시로 옮겼다지요. 행 끝마다 '~지요'를 반복하여 운율을 잘 살린 재미있는 시입니다.

 「이 바쁜 때 웬 설사」의 시적 화자와 같이 자신이 몹시 당황스럽고 난감한 상황에 놓였던 때를 떠올려 보세요. 시행마다 '~지요'를 넣어 입말이 살아나게 한 편의 시를 써 봅시다.

바람이 들렀던 집 (충청도 사투리로)

● 길상호

삽짝 모탱이를 돌아 초여름 바람이
항아리 뚜껑에 쌓여 있던 탑새기를 훅,
불고 지나갈 때 나싱개 나싱개
늦게 피운 꽃들만 마음이 흔들리고
남새밭 싹뚝 잘린 정구지들만 또 고개를 드네
감낭구에 매어 둔 누렁이도
양제기에 찰름찰름 출렁이던 햇볕도
저 담벼락 밑에 찌그러져 있는 집,
누구 없슈? 누구 없슈? 소리쳐도
벼름박에 걸린 소쿠데미 올이 풀려
아무 대답도 남아 있지 않는 집,
도무지 기둘려도 대간한 얼굴로 돌아와
저녁을 뽀얗게 썻치는 사람은 없고

바람이 들렀던 집 (표준어로)

● 길상호

대문가 모퉁이를 돌아 초여름 바람이
항아리 뚜껑에 쌓여 있던 탑새기를 훅,
불고 지나갈 때 냉이 냉이
늦게 피운 꽃들만 마음이 흔들리고
텃밭 싹둑 잘린 부추만 또 고개를 드네
감나무에 매어 둔 누렁이도
양재기에 찰랑찰랑 출렁이던 햇볕도
저 담벼락 밑에 찌그러져 있는 집,
누구 없소? 누구 없소? 소리쳐도
벽에 걸린 소쿠리 올이 풀려
아무 대답도 남아 있지 않는 집,
도무지 기다려도 힘든 얼굴로 돌아와
저녁을 뽀얗게 씻기는 사람은 없고

• **탑새기** '먼지'를 일컫는 충청도 사투리. 탑세기.

방언을 잘 모르겠다고요? 그 때문에 시의 의미를 파악하기가 쉽지 않다고요? 그래도 상관없어요. 이런 시는 처음엔 그저 느낌으로만 읽어도 돼요. 말맛을 느끼며 소리 내어 읽는다면 더욱 좋겠지요. 반복해 읽어 보면서 궁금한 낱말부터 표준어를 찾아 가며 그 낱말 뜻을 하나씩 알아 가면 돼요. 그러면 시에 나오는 풍경이 조금씩 선명해지면서 정겨워질 거예요. 이를테면, '나싱개는 나숭개를 말하는 거겠지? 아, 맞다. 나숭개는 냉이의 방언이지!' 하는 식으로요. 초여름 바람이 들렀던 집에는 냉이꽃이 피어 있군요. 감나무 아래엔 누렁이가 있고요. "누구 없슈? 누구 없슈?" 바람이 소리쳐도 아무런 인기척이 없는 걸 보니 지금 이 집에는 사람이 없나 보군요.

아래에 나오는 표준어 옆에 「바람이 들렀던 집」에 나오는 방언(사투리)을 찾아 써 보면서 말맛을 좀 느껴 볼까요?

- 모퉁이 → (   ) ·냉이 → (   ) ·부추 → (   )
- 감나무 → (   ) ·벽 → (   ) ·소쿠리 → (   )

3부

고래를 위하여

오—매 단풍 들겄네

● 김영랑

"오—매 단풍 들겄네"
장광에 골붉은 감잎 날러오아
누이는 놀란 듯이 치어다보며
"오—매 단풍 들겄네"

추석이 내일모레 기둘리리
바람이 잦이어서 걱정이리
누이의 마음아 나를 보아라
"오—매 단풍 들겄네"

- **장광** 장독대.
- **골붉은** 짙게 붉은.
- **잦이어서** 잦아져서. 잇달아 자주 있어서.

사투리를 묘미 있게 살려 쓴 이 시는 토속어가 주는 정감뿐 아니라, 누이에게 가을을 맘껏 즐기라는 화자의 마음까지 전해 줍니다.

1연은 감잎을 바라보는 누이의 마음을 보여 줍니다. 첫 행의 "오―매 단풍 들겠네"는 일상사에 바쁘던 누이가 어느 날 장독대에 갔다가 바람결에 날아온 '붉게 물든 감잎'을 보고 깜짝 놀라서 하는 말이지요. 누이의 이러한 탄성에는 '우리도 감잎처럼 예쁜 단풍 들겠네!'라는 의미가 담겨 있지요.

2연은 누이를 바라보는 화자의 마음을 전해 줍니다. 단풍 든 감잎의 아름다움을 발견한 누이의 놀라움과 기쁨은 잠시이고, 누이는 추석이 다가오고 곡식을 수확할 시기가 되었는데 바람이 자주 불어와 걱정인가 봅니다. 그러나 화자는 누이에게 혼잣말처럼 "누이의 마음아 나를 보아라/오―매 단풍 들겠네"라고 합니다. 이 말 속엔 '누이야, 나의 몸과 마음도 붉게 물드는 것 같구나. 그러니 걱정은 잠시 잊고 아름답게 물드는 이 가을을 마음껏 즐기지 않겠니?'라는 화자의 속마음이 담겨 있는 게 아닐까요.

 「오―매 단풍 들겠네」는 전라도 말씨가 물씬 나는 시입니다. 이 시에 반복적으로 쓰인 '오―매 단풍 들겠네'를 표준어로 바꾸어 써 보고 느낌이 어떻게 달라지는지 말해 봅시다.

성장

● 이시영

바다가 가까워지자 어린 강물은 엄마 손을 더욱 꼭 그러쥔 채 놓지 않았습니다. 그러다가 그만 거대한 파도의 배 속으로 뛰어드는 꿈을 꾸다 엄마 손을 아득히 놓치고 말았습니다. 그래 잘 가거라 내 아들아. 이제부터는 크고 다른 삶을 살아야 된단다. 엄마 강물은 새벽 강에 시린 몸을 한번 뒤채고는 오리처럼 곧 순한 머리를 돌려 반짝이는 은어들의 길을 따라 산골로 조용히 돌아왔습니다.

감상 길잡이 어린 강물은 바다에 무사히 당도했을까요? 이시영 시인의 「성장」은 '어린 강물'이 '엄마 강물'의 품을 떠나 더 넓은 세상으로 나아가는 모습을 그리고 있습니다. 뭔가 뭉클하고 아름답지요? 엄마 강물의 손을 꼭 잡고 놓지 않았던 어린 강물이 거대한 파도를 이겨 내며 더 넓고 큰 세상으로 나아가 멋지게 성장하면 좋겠습니다. "그래 잘 가거라 내 아들아. 이제부터는 크고 다른 삶을 살아야 된단다." 하고 말한 뒤 시린 몸을 뒤채고는 은어들의 길을 따라 산골로 조용히 돌아가는 엄마 강물의 모습이 오래 남는데요. 엄마 손을 잡고 가다가 놓쳐 두려웠던 때도 생각나고 엄마 곁을 벗어나는 일이 마냥 불안하기만 하던 때도 순간순간 떠오릅니다.

활동 우리는 어떤 모습으로 성장해 갈까요? 두렵기도 하고 설레기도 할 텐데요. 엄마 아빠같이 나를 키워 주시는 분은 내가 어떤 모습으로 커 가기를 바랄지 두세 줄 정도의 짧은 글로 써 보기로 해요.

바다가 보이는 교실 —유리창 청소

● 정일근

참 맑아라
겨우 제 이름밖에 쓸 줄 모르는
열이, 열이가 착하게 닦아 놓은
유리창 한 장
먼 해안선과 다정한 형제 섬
그냥 그대로 눈이 시린
가을 바다 한 장
열이의 착한 마음으로 그려 놓은
아아, 참으로 맑은 세상 저기 있으니

“참 맑아라.” 이 짧고 단순한 문장으로 시가 시작됩니다. 그런데 무엇이 맑다는 것일까요?

우선 “유리창 한 장”이 맑습니다. '열이'라는 아이가 정성 들여 닦아 놓았기 때문이죠. 열이는 똑똑하진 않아도 열심히 유리창을 닦습니다. 다음은 “가을 바다”가 맑습니다. 굽이진 해안선과 형제처럼 다정하게 놓인 섬들이 열이가 닦은 맑은 유리창으로 보입니다. 가을 바다가 그대로 그림 한 폭이 되지요. 그러나 가장 맑고 아름다운 것은 “열이의 착한 마음”이 아닐까요? 비록 제 이름밖에 쓸 줄 모르지만, 착하고 맑은 마음으로 유리창을 닦았으니, 그 창으로 보이는 풍경은 아름다울 수밖에 없지요. 교실 한쪽에서 이 모든 광경을 보고 있는 화자의 시선과 마음이 참 따뜻하네요.

여러분의 교실에서 보이는 바깥 모습은 어떤가요? '(   )가 보이는 교실'이라고 제목을 붙인 후, 한 편의 시를 써 봅시다.

고래를 위하여

● 정호승

푸른 바다에 고래가 없으면
푸른 바다가 아니지
마음속에 푸른 바다의
고래 한 마리 키우지 않으면
청년이 아니지

푸른 바다가 고래를 위하여
푸르다는 걸 아직 모르는 사람은
아직 사랑을 모르지

고래도 가끔 수평선 위로 치솟아 올라
별을 바라본다
나도 가끔 내 마음속의 고래를 위하여
밤하늘 별들을 바라본다

여러분은 마음속에 무얼 키우고 있나요? 정호승의 「고래를 위하여」는 마음속에 푸른 바다의 고래 한 마리를 키우자고 말하고 있는데요. 정확히 무슨 뜻인지는 모르겠지만 뭔가 근사한 것 같다는 생각이 들지요? 시인이 이 시를 통해 말하고 싶은 것은 꿈과 희망을 품고 키우자는 의미 정도가 될 텐데요. 내 마음속 고래에게 수평선 위에 있는 밤하늘의 별을 보여 주고만 싶습니다. 시인은 푸른 바다에 고래가 없으면 바다가 아니라고 하면서 마음속에 고래 한 마리 정도 키우고 있어야 청년이라고 말합니다. 고래를 위하여 바다가 푸르다는 걸 모르는 사람은 아직 사랑을 모른다고도 말합니다. 그래요. 우리도 가끔은 마음속 꿈을 위하여 밤하늘의 별을 찬찬히 바라봐도 좋겠습니다.

 「고래를 위하여」에서 시인은 마음속에 고래 한 마리 키우자고 했는데요. 여러분 마음속에도 푸른 바다의 고래 같은 꿈이 하나쯤은 있겠지요? 내 꿈은 무엇이고 나는 왜 그 꿈을 꿈꾸는지도 한번 써 보기로 해요.

서시

• 윤동주

죽는 날까지 하늘을 우러러
한 점 부끄럼이 없기를,
잎새에 이는 바람에도
나는 괴로워했다.
별을 노래하는 마음으로
모든 죽어 가는 것을 사랑해야지
그리고 나한테 주어진 길을
걸어가야겠다.

오늘 밤에도 별이 바람에 스치운다.

윤동주는 일제 강점기에 식민지 지식인으로서의 고뇌를 작품 속에 형상화한 대표적인 시인입니다. 식민지 통치 아래에서 아무것도 할 수 없는 스스로에 대해 부끄러움을 느끼지요.

「서시」에서 화자는 식민지 조국에서 부끄럽지 않게 살고 싶은 소망을 노래합니다. 시에서 노래한 것처럼 하늘을 우러러 한 점 부끄럼 없는 삶을요. 잎새에 이는 바람 같은 작은 시련에도 괴로워하지만, 우주에 영원히 떠 있는 별을 동경하는 마음으로 주위의 모든 죽어 가는 것들을 사랑하며, 자신에게 주어진 길을 꿋꿋하게 걸어가겠다는 의지를 표현합니다. 비록 어둡고 긴 '밤'처럼 부정적 현실이 있고 '별'이 '바람'에 스치지만, 화자에겐 자신의 길을 가고자 하는 당당함과 굳은 의지가 있기에 '밤'과 '바람' 따위는 두렵지 않을 것입니다.

 「서시」는 시인이 살아가고자 하는 삶의 자세를 노래한 시입니다. 여러분은 지금 자신이 처한 상황 속에서 어떤 자세로 삶을 살아갈 것인지 생각해 봅시다.

산마을엔 보름달이 뜨잖니

● 유승도

봐라, 저 달 표면을 기어가는 가재가 보이잖니?
빛이 맑으니 구름도 슬슬 비켜 가잖니
가볍게 가볍게 떠오르잖니
저기 어디 탐욕이 서려 있고, 피가 흐르고 있니?
그저 은은한 미소를 머금은 채 산천을 끌어안잖니

요사이, 달을 본 적이 있나요? 달은 밤마다 우리 곁으로 오지만 정작 우리는 달을 바라볼 여유조차 없이 분주하게 살아가는 것 같아요. 여러분 눈에는 보름달 표면을 기어가는 가재가 보이나요? 뭐, 안 보인다고요? 그럼 마음을 열고 보세요. 시인처럼 마음을 활짝 열고 맑은 눈으로 바라보면 분명 가재가 보일 거예요. 분명, 가재 말고 다른 것도 보일 거예요. 빛이 맑으니 구름도 슬슬 비켜 간다는 것을 알게 될 거예요. 가볍게 가볍게 떠오르는 달을 보고 있으면 쓸데없는 탐욕도 사라지고 마음도 편안해지겠죠? 은은한 미소를 머금은 채 산천을 끌어안는 달을 생각하는 것만으로도 기분이 한결 나아집니다.

 우리는 흔히 보름달을 '쟁반같이 둥근달'이라고 하는데요. 모두가 달을 보고 쟁반을 떠올린다면 얼마나 재미없을까요. 자, 여러분은 보름달이 무엇처럼 보이나요? 쟁반만 빼놓고 둥근 것이라면 무엇을 써도 좋습니다.

유성

● 오세영

밤하늘은
별들의 운동장
오늘따라 별들 부산하게 바자닌다.
운동회를 벌였나
아득히 들리는 함성,
먼 곳에서 아슴푸레 빈 우렛소리 들리더니
빗나간 야구공 하나
쨍그랑
유리창을 깨고
또르르 지구로 떨어져 구른다.

• **바자니다** '바장이다'의 옛말. 부질없이 짧은 거리를 오락가락 거닐다. 마음에 걸리는 것이 있어
머뭇머뭇하다.

캄캄한 밤하늘에 뜬 별똥별을 본 적이 있나요? 신기한
모습에 '우아~!' 하고 탄성이 먼저 나오는 이 별똥별이
유성입니다. 유성은 우주를 떠돌던 먼지들이 지구의 대
기권 안으로 들어와 대기와의 마찰로 빛을 내며 떨어지는 것을 말
하지요. 하루 동안 지구에 떨어지는 유성은 눈으로 볼 수 있는 것만
해도 수백만 개에 이른답니다.

어느 날 화자는 캄캄한 밤하늘에 떠 있는 수많은 별들을 보고 학
교 운동장에서 열리는 운동회를 떠올리지요. '이겨라~! 이겨라
~!' 하는 아이들의 목소리가 먼 하늘 저편에서 들려오는 듯합니다.
그런데 갑자기 떨어지는 것이 있으니, 바로 야구공이지요. 지구의
대기권에 들어와 떨어지는 유성을 "빗나간 야구공"에 빗댄 표현이
참신합니다.

 「유성」에서 유성을 비유적으로 표현한 시구는 무엇이며, 비유적 표
현이 주는 효과에 대해 써 봅시다.

떨어져도 튀는 공처럼

● 정현종

그래 살아 봐야지
너도나도 공이 되어
떨어져도 튀는 공이 되어

살아 봐야지
쓰러지는 법이 없는 둥근
공처럼, 탄력의 나라의
왕자처럼

가볍게 떠올라야지
곧 움직일 준비 되어 있는 꼴
둥근 공이 되어

옳지 최선의 꼴
지금의 네 모습처럼
떨어져도 튀어 오르는 공
쓰러지는 법이 없는 공이 되어.

조금만 실망해도 기가 죽고 어깨가 축 늘어지고는 했는데요. 와아, 정현종 시인의 「떨어져도 튀는 공처럼」을 읽고 나니 은근히 힘이 납니다. 무슨 일이 생겨도 자신 있고 당당하게 살고 싶다는 마음이 듭니다. 와아, "쓰러지는 법이 없는" 공이라니요. 공놀이를 참 많이 하기도 했던 나는 왜 여태 이런 생각을 하지 못했을까요. 얼핏 생각하면 쉬운 것 같지만 생각하면 할수록 대단하고도 꼭 필요한 발견이라는 생각이 듭니다. 지금 내 모습이 최선의 모습일까 하는 질문을 스스로에게 던져 보게도 되는데요. 그래요. 아무리 힘든 일이 생겨도 살아 봐야지요. 바닥에 떨어지더라도 넘어지는 법 없이 통통 튀어 오르는 탄력 좋은 공처럼 늘 힘차게 살아가야겠지요. "탄력의 나라의/왕자처럼"요!

 생활을 하다 보면 힘든 순간이 누구한테든 오는 것 같은데요. 내게 있어 가장 견디기 힘든 순간은 어느 때였을까요? 가만히 떠올려 보면서 그때 했던 생각을 두세 줄 정도로 적어 보기로 해요.

가을볕

• 정진아

골목길 걷는 동안
내 등에 업힌 가을볕
동생 숨결처럼
따듯하게 느껴지고
아랫목 할머니 품처럼
시린 어깨 감싸 주고

덥고 따가운 여름이 지나고 서늘한 바람이 불어올 즈음, 가을볕을 받으며 교정을 거닐어 보세요. 꼭 학교가 아니어도 좋아요. 여러분이 사는 동네의 볕 잘 드는 골목길이나 공원도 좋습니다. 등에 내리쬐는 가을볕은 마음속까지 훈훈하게 할 것입니다.

　화자는 가을볕을 '동생의 숨결'과 '할머니의 품'에 빗대어 표현합니다. 동생을 퍽 가까이서 대하는 화자의 따뜻하고 애정 어린 시선이 느껴지네요. "내 등에 업힌 가을볕"은 마치 내 등에 업힌 어린 동생의 따스한 온기와 숨결 같습니다. 또 시린 겨울날 아랫목처럼 따뜻한 할머니 품은 생각만 해도 정겹지요.

가을볕을 직접 온몸으로 쬐어 보면서, 자신의 등에 닿은 가을볕의 느낌을 말해 봅시다.

그 한마디 말 —전봇대 31

● 김장호

아침 출근길
양복바지 주머니에 든 쪽지 글
"아버지, 사랑해요!"
아무리 봐도 질리지 않는 아들의 응원가
지갑 속 복권보다 더 힘 나는 말
어깨에 전깃줄 둘러멘 전봇대처럼
한평생 참고 견뎌 내던 농사꾼 아버지께
한 번도 해 본 적 없는 말
입가에 맴돌기만 하던 말
울리지 않는 종은 종이 아니듯
후회는 왜 매번 막차를 타고 오는 것인가
아아, 끝끝내 억울하게 하지 못한 그 한마디 말

• 이 시는 4장으로 이루어졌는데, 여기에 실은 것은 2장이다.

마음에는 있는데 쉽게 나오지 않는 말이 있어요. '난, 네가 좋아!'라는 말을 하려다가도 입이 떨어지지 않아 끝내 하지 못하는 경우도 있지요. 엄마 아빠한테도 마찬가지지요. '사랑해요, 엄마! 사랑해요, 아빠!' 이런 식으로 말하면 되는데 그런 말은커녕, 짜증을 낼 때가 더 많은 것 같기도 해요. 출근하다 말고 양복 주머니에 든 쪽지를 본 아빠는 얼마나 행복했을까요. 아들이 사랑한다고 써 준 쪽지가 아빠한테 힘을 주고 있어요. 힘찬 응원가가 되고 있어요. 하지만 이 아빠는 한평생 농사만 지은 아버지께 한 번도 사랑한다는 말을 못 했나 봐요. "아아, 끝끝내 억울하게 하지 못한 그 한마디 말"이라는 마지막 행이 말해 주듯 그 아버지는 이미 돌아가신 것 같아요. 지금 바로, 마음에 있는 말을 해야겠어요.

 엄마, 아빠, 혹은 선생님이나 친구에게 힘 나는 한마디 말을 해 주세요.

팽나무 식구

● 문태준

작은 언덕에 사방으로 열린 집이 있었다
낮에 흩어졌던 새들이 큰 팽나무에 날아와 앉았다
한 놈 한 놈 한곳을 향해 웅크려 있다
일제히 응시하는 것들은 구슬프고 무섭다
가난한 애비를 둔 식구들처럼
무리에는 볼이 튼 어린 새도 있었다
어두워지자 팽나무가 제 식구들을 데리고 사라졌다

팽나무는 예부터 선조들이 신성하게 여긴 3대 당산나무 가운데 하나로, 우리에게 친숙한 나무입니다. 뿌리가 튼튼하고 강하여 비바람을 막는 데 많이 심어졌다고도 하지요.

작은 언덕의 큰 팽나무에 낮에 흩어졌던 새들이 밤이 다가오자 하나 둘 날아와 앉습니다. 쓸쓸하고도 슬픈 새들은 점점 무섭기까지 하네요. 애처롭게도 "볼이 튼 어린 새"도 있네요. 하지만 어둠이 찾아와도 이 가엾은 생명들은 팽나무가 있어 든든할 것 같아요. 제 몸에 기댄 뭇 생명들을 식구로 여기고 강한 유대감과 사랑으로 감싸 안으며 어둠 속으로 사라지는 팽나무. 팽나무는 "사방으로 열린 집"이며, 여린 생명들이 어둠을 견딜 수 있게 하는 따뜻한 가족 공동체의 공간입니다.

 「팽나무 식구」에서 팽나무가 제 식구들을 데리고 사라진 후의 이야기를 상상하여 써 봅시다.

품사 다시 읽기

● 문무학

명사
이름이 없는 것들은 있어도 없는 거다.
신은 형상을 만들었고
사람은 이름을 붙여
부른다. 이름 없는 것들을
불러서 존재케 한다.

감탄사
너는 왜, 놀람과 두려움으로만 오는가.
어디든 극점에서 신음만 뱉게 하며
가슴을
쓸어내리게 하고
시치미 뚝, 떼는가.
널 만나도 난 절대 놀라지 않으리라
다짐, 다짐하면서 이를 꼭 깨물어도
너 앞에
나는 어벙이
영락없는 꺼벙이.

관형사

내 삶이 문장 속에 놓여야 한다면,
앞자리에 앉아서 고개 돌려 돌아보는
관형사,
네가 되고 싶다.
너 없으면 빛 없나니,

부사

좋겠다 내 삶이 니쯤만 되었다면
나로 하여 나 아닌 게 뚜렷하게 떠올라
부시게
드러나도록
가진 것 다 내주는,

문무학 시인의 「품사 다시 읽기」는 명사, 감탄사, 관형사, 부사 같은 품사를 시로 풀어 내고 있는데요. 뭐, 품사? 조금 어렵게 느껴지나요? 품사는 단어를 기능이나 형태, 의미에 따라 나눈 갈래를 말하는데요. 명사, 대명사, 수사, 조사, 동사, 형용사, 관형사, 부사, 감탄사로 분류하지요. 이름을 나타내는 낱말은 명사, 이름을 대신해 가리키는 낱말은 대명사. 알고 있죠? 수량이나 순서를 가리키는 낱말은 수사, 도와주는 낱말은 조사 그리고 움직임을 나타내는 낱말은 동사라 하지요. 좀 더 볼까요. 체언(명사, 대명사, 수사)을 꾸며 주는 낱말은 관형사, 대체로 용언(동사, 형용사)을 꾸며 주는 낱말은 부사, 마지막으로 놀람이나 느낌, 부름, 응답 등을 나타내는 낱말을 감탄사라 하지요. 휴우, 우리는 그저 이 시로 품사를 재밌게 익히면 되겠지요.

 우리의 이름은 고유하니까 당연히 고유 명사인데요. 이름을 생각하다 보면 떠오르는 사람이 있을 거예요. 지금 그 사람의 이름을 한번 불러 볼까요? 왜 그 사람 이름을 불러 보고 싶었는지도 생각해 보면서요.

· 떠오르는 이름 :

· 생각나는 이유 :

오우가

● 윤선도

내 벗이 몇이나 하니 수석(水石)과 송죽(松竹)이라
동산에 달 오르니 그 더욱 반갑고야
두어라 이 다섯밖에 또 더하여 무엇하리

구름 빛이 좋다 하나 검기를 자로 한다
바람 소리 맑다 하나 그칠 적이 하노매라
좋고도 그칠 뉘 없기는 물뿐인가 하노라

꽃은 무슨 일로 피면서 쉬이 지고
풀은 어이하여 푸르는 듯 누르나니
아마도 변치 않을손 바위뿐인가 하노라

더우면 꽃 피고 추우면 잎 지거늘
솔아 너는 어찌 눈서리를 모르는다

• **오우(五友)** 다섯 명의 벗. 여기서는 물(水), 돌(石), 소나무(松), 대나무(竹), 달(月)을 말함.
• **좋다 하나** 깨끗하다 하나. 여기서 '좋다'는 '깨끗하다'는 뜻임.
• **자로** 자주.
• **하노매라** 많구나.
• **그칠 뉘** 그칠 때.
• **변치 않을손** 변치 않는 것은.

구천(九泉)에 뿌리 곧은 줄을 그로 하여 아노라

나무도 아닌 것이 풀도 아닌 것이
곧기는 뉘 시키며 속은 어이 비었는가
저렇고 사시(四時)에 푸르니 그를 좋아하노라

작은 것이 높이 떠서 만물을 다 비추니
밤중의 광명이 너만 한 이 또 있느냐
보고도 말 아니 하니 내 벗인가 하노라

- **모르는다** 모르느냐.
- **구천** 땅속 깊은 밑바닥.
- **뉘 시키며** 누가 시켰으며.
- **사시** 사계절.

벗[友]은 비슷한 또래로 서로 친하게 지내는 사람을 흔히 일컫지만, 사람이 늘 가까이하여 심심함을 달래는 사물을 비유적으로 이르는 말이기도 합니다.

조선 시대 학자인 윤선도는 이 시조에서 사람이 아닌 자연을 벗으로 삼았는데, 물과 돌과 소나무와 대나무와 달입니다. 구름과 바람이 쉽게 변하는 것에 비해 영원히 멈추지 않는 물(2연), 금방 시드는 꽃과 풀에 비해 변하지 않는 돌(3연), 쉽게 지는 꽃에 비해 추운 날에도 변하지 않는 소나무(4연), 사계절 내내 곧고 푸른 대나무(5연), 어두운 세상을 밝게 비추면서도 과묵의 미덕을 지닌 달(6연)의 모습을 각각 칭송합니다. 맑고 깨끗하며 쉬이 변하지 않는 자연을 본받아 순수한 마음과 정신을 지니고 살자는 화자의 의도가 엿보이네요.

여러분이 생각하는 다섯 가지 벗은 무엇인가요? 윤선도처럼 가까이하고 싶은 자연물이나 사물을 하나만 예로 들어 모방 시를 써 봅시다.

4부

우리가 눈발

우리가 눈발이라면

● 안도현

우리가 눈발이라면
허공에서 쭈빗쭈빗 흩날리는
진눈깨비는 되지 말자
세상이 바람 불고 춥고 어둡다 해도
사람이 사는 마을
가장 낮은 곳으로
따뜻한 함박눈이 되어 내리자
우리가 눈발이라면
잠 못 든 이의 창문가에서는
편지가 되고
그이의 깊고 붉은 상처 위에 돋는
새살이 되자

시인은 말하고 있네요. 우리가 눈발이라면 쭈빗쭈빗 멋쩍게 흩날리는 진눈깨비가 되지 말고, 따뜻하게 내리는 함박눈이 되자고. 우리가 눈발이라면 세상이 아무리 춥고 어둡다고 하여도 사람 사는 마을의 가장 낮은 곳으로 가 "따뜻한 함박눈이 되어 내리자"고 하네요. 괜스레, 너와 나의 마음도 포근포근 후끈후끈 따뜻해져 오는 것 같은데요. 우리가 눈발이 되어 잠들지 못한 사람의 창가에 편지가 되어 준다면 그이는 얼마나 행복해할까요? 그이의 "깊고 붉은 상처 위에 돋는/새살"이 되어 준다면 우리는 또 얼마나 뿌듯할까요? 아, 상상하는 것만으로도 가슴이 기분 좋게 뜁니다. 소외된 사람들과 상처 많은 사람에게로 가서 편지 같은 존재가 되고 새살 같은 존재가 된다는 것은 틀림없이 아름다운 일이니까요.

내가 눈발이라면 나는 '진눈깨비'일까요? '함박눈'일까요? 내가 '따뜻한 함박눈'이었을 때를 더듬더듬 기억해 내어 두세 줄의 짧은 글로 써 볼까요? 내가 누군가에게 도움이 되었던 때를 떠올려 보면 쉽게 쓸 수 있을 거예요.

새로운 길

● 윤동주

내를 건너서 숲으로
고개를 넘어서 마을로

어제도 가고 오늘도 갈
나의 길 새로운 길

민들레가 피고 까치가 날고
아가씨가 지나고 바람이 일고

나의 길은 언제나 새로운 길
오늘도…… 내일도……

내를 건너서 숲으로
고개를 넘어서 마을로

「새로운 길」은 시인이 1938년 봄, 연희전문학교(지금의 연세대학교)에 입학해 처음으로 쓴 시라고 합니다. 중학교에 입학한 여러분은 앞으로 어떤 길을 걸어갈지 생각해 보았는지요.

길은 개울을 건너서 숲으로 이어져 있고, 또 이 길은 고개를 넘어서면 마을로 향하고 있어요. 날마다 가고 오는 길이지만 나의 길은 새 마음으로 오가는 길이기 때문에 '새로운 길'이 되지요. 화자는 이 길에서 민들레, 까치, 아가씨, 바람과 같은 낯익은 존재들을 만납니다. 하지만 어제와 다른 새롭고 설레는 마음으로 만나기에 "나의 길은 언제나 새로운 길"이 되고 희망과 기대로 차 있습니다. 고민과 망설임이 없지는 않았겠지만, 꿋꿋이 자신의 길을 가겠다는 의지를 보면 몸은 힘들어도 마음은 뿌듯할 것입니다.

 중학교에 입학하여 새로운 길을 걷는 여러분의 심정을 글로 써 봅시다.

딱지

● 이준관

나는 어릴 때부터 그랬다.
칠칠치 못한 나는 걸핏하면 넘어져
무릎에 딱지를 달고 다녔다.
그 흉물 같은 딱지가 보기 싫어
손톱으로 득득 긁어 떼어 내려고 하면
아버지는 그때마다 말씀하셨다.
딱지를 떼어 내지 말아라 그래야 낫는다.
아버지 말씀대로 그대로 놓아두면
까만 고약 같은 딱지가 떨어지고
딱정벌레 날개처럼 하얀 새살이
돋아나 있었다.
지금도 칠칠치 못한 나는
사람에 걸려 넘어지고 부딪히며
마음에 딱지를 달고 다닌다.
그때마다 그 딱지에 아버지 말씀이
얹혀진다.
딱지를 떼지 말아라 딱지가 새살을 키운다.

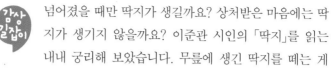감상
길잡이

넘어졌을 때만 딱지가 생길까요? 상처받은 마음에는 딱지가 생기지 않을까요? 이준관 시인의 「딱지」를 읽는 내내 궁리해 보았습니다. 무릎에 생긴 딱지를 떼는 게 더 아플까? 마음에 들어앉은 딱지를 떼는 게 더 아플까? 차이는 있겠지만 마음 깊은 곳에 생긴 딱지를 떼는 게 더 아플 것 같습니다. 넘어져서 생긴 딱지야 시간이 지나면 낫겠지만 친구와의 관계나 사람들과의 관계에서 받은 상처는 욱신욱신 아려서 쉽게 아물지 않는 경우가 생각보다 많습니다. 내가 무심결에 툭 뱉은 말이 누구에게는 상처가 되고 쉽게 떨어지지 않는 딱지가 된다는 것을 잊지 말아야겠습니다. 또한 "딱지를 떼지 말아라 딱지가 새살을 키운다."는 아버지의 말을 깊이 새겨 둬야겠습니다. 그래야 좀 더 단단해진 나를 만날 수 있을 테니까요.

활동

지금까지 살아오면서 내가 누군가의 마음에 딱지를 달아 준 경우는 없었을까요? 혹여 내가 아무렇게나 한 말이나 행동이 다른 사람 마음에 딱지를 달아 준 적은 없었는지 생각해 보는 시간을 가져 보면 좋겠습니다. 미안한 마음도 전하면서요.

너에게 묻는다

• 안도현

연탄재 함부로 발로 차지 마라
너는
누구에게 한 번이라도 뜨거운 사람이었느냐

단 세 줄이지만 읽고 나면 긴 여운이 남으면서 마음에 딱 걸려 안 넘어가는 단어가 바로 '뜨거운'입니다. 독자들은 '난 한 번이라도 뜨거운 사람이었던가?' 하고 진지한 성찰을 해 보게 되지요.

연탄은 추운 겨울날 새까만 자기 몸을 뜨겁게 달구어 차디찬 방을 따뜻하게 해 주는 고마운 존재입니다. 구멍이 송송 뚫린 연탄이 다 타고 나면 할머니 머리숱처럼 희끗희끗한 연탄재만 남지요. 제 소명을 다하고 아무렇게나 쌓여 쓰레기가 되거나, 움푹 팬 길에 휙 던져져 부수어지고 행인의 발길에 밟히기 일쑤였던 연탄재. 하찮게 보이는 연탄재를 통해 '너는 어떤 사람이냐?'라고 묻는 시인의 목소리에 가슴이 쿵 내려앉았습니다.

 자신에게 의미 있는 깨달음을 주었던 대상을 주변에서 찾아보고, 그 대상의 입장에서 한 편의 시를 써 봅시다.

신문지 밥상

• 정일근

더러 신문지 깔고 밥 먹을 때가 있는데요
어머니, 우리 어머니 꼭 밥상 펴라 말씀하시는데요
저는 신문지가 무슨 밥상이냐며 궁시렁궁시렁하는데요
신문질 신문지로 깔면 신문지 깔고 밥 먹고요
신문질 밥상으로 펴면 밥상 차려 밥 먹는다고요
따뜻한 말은 사람을 따뜻하게 하고요
따뜻한 마음은 세상까지 따뜻하게 한다고요
어머니 또 한 말씀 가르쳐 주시는데요

해방 후 소학교 2학년이 최종 학력이신
어머니, 우리 어머니 말씀 철학

• **궁시렁궁시렁** 구시렁구시렁.

맞아요, 어머니. "따뜻한 말은 사람을 따뜻하게" 해요. 정말 맞아요, 어머니. "따뜻한 마음은 세상까지 따뜻하게" 해요. 세상의 어머니들은 왜 이렇게 지혜로운 걸까요. 어머니의 말씀이 유명한 사람의 말보다 귀하게 쏙쏙 귀에 들어옵니다. 이래서 세상의 어머니들은 위대하다고 하는 걸까요. 어머니는 비록 많이 배우지는 못했지만 세상 이치를 어느 누구보다도 잘 알고 계시는 것 같습니다. 신문질 신문지로 깔고 밥을 먹으면 어쩐지 초라해서 눈물이 날 것 같지만, 신문질 밥상으로 펴고 밥상을 차려 먹으면 왠지 밥도 더 맛있을 것 같고 무엇보다 주눅이 들지 않아 좋을 것 같습니다. 고맙습니다. 어머니. 귀한 공부했습니다.

 "또, 폰 만지냐?" "어디서 또박또박 말대꾸야!" 이런 말 말고 엄마가 해 준 말 중에 가장 기억에 남는 말을 한번 써 보기로 해요. 엄마 말이 아니어도 좋아요. 지금 나를 돌봐 주는 분의 말 중에 기억에 남는 말을 써 보아요.

세상에서 가장 따뜻했던 저녁

● 복효근

어둠이 한기처럼 스며들고
배 속에 붕어 새끼 두어 마리 요동을 칠 때

학교 앞 버스 정류장을 지나는데
먼저 와 기다리던 선재가
내가 멘 책가방 지퍼가 열렸다며 닫아 주었다.

아무도 없는 집 썰렁한 내 방까지
붕어빵 냄새가 따라왔다.

학교에서 받은 우유 꺼내려 가방을 여는데
아직 온기가 식지 않은 종이봉투에
붕어가 다섯 마리

내 열여섯 세상에
가장 따뜻했던 저녁

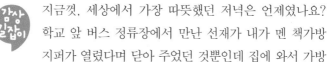

지금껏, 세상에서 가장 따뜻했던 저녁은 언제였나요? 학교 앞 버스 정류장에서 만난 선재가 내가 멘 책가방 지퍼가 열렸다며 닫아 주었던 것뿐인데 집에 와서 가방을 열어 보니 붕어빵 한 봉지가 들어 있네요. 아직 온기가 식지 않은 붕어빵이 다섯 개나 종이봉투에 따끈따끈 들어 있네요. 아, 가방 지퍼를 닫아 주는 척 붕어빵을 넣어 준 선재를 떠올려 보는 것만으로도 가슴이 마구 따뜻해져 옵니다. 이 시의 화자는 아무도 없는 집 썰렁한 방에서 학교에서 받아 아껴 두었던 우유를 먹어야 할 만큼 형편이 좋지 않은 상황인데요. 선재 같은 친구가 곁에 있다면 세상에 두려울 것이 없을 것 같습니다.

 지금껏 살아오면서, 내가 친구에게 했던 행동 중에 가장 따뜻한 행동을 떠올려 볼까요?

시험 망쳤어

● 하상욱

감히
내 앞에서

네가
그런 말을

시험을 망치고 나면 머리가 띵하지요. 하상욱 시인의 「시험 망쳤어」는 남 얘기가 아니어서 우리들 눈에 쏙쏙 들어옵니다. 시험에 대한 악몽 좀 잠시 떠올려 볼까요. '이 문제는 꼭 나올 것 같다.'며 짝에게 알려 주기까지 했는데 짝은 맞고 정작 나는 틀렸던 경험, 혹시 없나요? 처음에 표시한 게 정답인데 시험지 걷기 직전에 고쳐서 틀린 경험도 꽤 있을 것 같은데요. 으아악, 아무리 머리를 움켜쥐고 후회해도 아무 소용 없다는 걸 우리는 잘 알고 있습니다. 시험을 망치고 나면 꼭 드는 생각 중 하나는 아마 '아, 차라리 잠이나 실컷 잘걸.' 정도일 겁니다. 시험을 망친 내 앞에서 누군가 시험을 잘 봤다고 하면 짜증이 몰려오기도 하는데요. 어떻게 감히 내 앞에서 그런 말을 할 수 있느냐고 따지고만 싶어집니다.

 여러분은 시험을 망친 경험도 있겠지만 생각보다 시험을 잘 봤던 경험도 분명 있을 것인데요. 시험을 의외로 잘 봤을 때는 언제이며 어떤 기분이 들었는지 세 줄 내외로 써 볼까요.

우리말 사랑 1

● 서정홍

자고 일어나
달리기를 하면 발목 삘까 봐
조깅을 한다.
땀이 나
찬물로 씻으면 피부병 걸릴까 봐
냉수로 샤워만 한다.
아침밥은 먹지 못하고
식사만 하고
달걀은 부쳐 먹지 않고
계란후라이만 해 먹는다.

일옷은 입지 않고
작업복만 골라 입고
일터로 가지 않고
직장으로 가서
일거리가 쌓여 밤샘 일은 하지 않고
작업량이 산적해 철야 작업을 하고
핏발 선 눈은

충혈된 눈이 되어 집으로 돌아가면
아내는 반찬을 사러
가게로 가지 않고
슈퍼에 간다.

실컷 먹고 뒤가 마려우면
뒷간으로 가지 않고
화장실로 가서
똥오줌은 누지 않고
대소변만 보고 돌아와
오랜만에 아내와 마주 앉아
얘기를 나누다 잠이 들면 될 텐데
와이프와 마주 앉아
대화를 나누다 잠이 든다.

'달리기' 대신 '조깅'을 하고, '아침밥' 대신 '식사'를 하고, '일터' 대신 '직장'에 가서, '밤샘일' 대신 '철야 작업'을 하는……. 얼핏 보면 이 시는 말장난처럼 느껴지기도 합니다. 하지만 갈수록 우리말을 잃어 가고 있는 안타까운 언어생활을 돌아볼 수 있는 시이지요.

요즘 청소년들에게 외래어와 한자어, 고유어 가운데 어떤 것이 가장 어려우냐고 물으면 '고유어'라고 말하는 경우를 종종 봅니다. 한글날 행사에서조차 '세종대왕 뮤지컬', '세종대왕 골든벨' 등으로 외래어를 많이 쓰는 언어 현실은 인터넷 문화가 발달하면서 더 심각해지고 있습니다. 쓰면 쓸수록 정겨운 입맛이 살아나고, 우리의 문화와 얼이 담긴 우리말을 아끼고 살려 쓰는 각자의 노력이 절실할 때입니다.

우리말 사랑을 강조하는 것은 사회가 아무리 변한다 해도 변함없이 중요합니다. 우리말을 살려 쓸 수 있는 방법을 다양하게 생각해 보고, 자신이 할 수 있는 우리말 사랑법을 실천해 봅시다.

눈 오는 마실 (강원도 사투리로)

● 박명자

말갈기 같은 허연 눈이 집집마두 지붕케 자꾸 온다.
무꾸밭 가생이에도 눈이 내린다.
던데기 굿뎅이 집 지둥에도 눈이 뿌린다.
돌담불에도 허옇게 눈이 쌓인다.
밈며느리는 도독고냉이처럼
살곰살곰 게서
다박솔 새로 가더니만
네베시 하늘만 체다본다.
큰할머이 장베기에도 눈이 내려앉는다.
망냉이 머슴아는 허연 눈 한 옹큼 웅켜서
살구낭구 우로 냅다 던지지만
눈에 잼긴 마을은 머언 외연의 뜨락에
소롯이 주저앉는다.
깊고 아득한 침묵의 소리 침묵의 빛깔 속에
온통 마을이 폭삭 가라앉는다.

눈 오는 마실 (표준어로)

● 박명자

밀가루 같은 하얀 눈이 집집마다 지붕 위에 자꾸 온다.
무우밭 언저리에도 눈이 내린다.
언덕 위 굿쟁이 집 기둥에도 눈이 내린다.
돌성담에도 허옇게 눈이 내린다.
며느리는 도둑고양이처럼
살금살금 기어서
다박솔 사이로 가더니
너붓이 하늘만 쳐다본다.
큰할머니 머리 위에도 눈이 내려앉는다.
막내 머슴아는 허연 눈 한 옹큼 쥐어서
살구나무 위로 휙 던지지만
눈에 잠긴 마을은 머언 외연의 뜨락에
소롯이 주저앉는다.
깊고 아득한 침묵의 소리 침묵의 빛깔 속에
온통 마을이 폭삭 가라앉는다.

• **다박솔** 다복솔. 가지가 탐스럽고 소복하게 많이 퍼진 어린 소나무.

「눈 오는 마실」은 눈 오는 마을 풍경을 그린 한 편의 명화 앞에 서 있는 듯한 착각을 불러일으킵니다. 독자는 시인이 그린 그림을 보며 천천히 시선을 옮깁니다. 하늘에서 내리는 눈을 따라 마을의 지붕 위로, 무밭으로, 집 기둥으로, 돌무더기로요. 또 하늘을 보는 며느리로, 큰할머니 머리 위로, 막내 사내아이로. 물결에 파문을 내듯 막내 사내아이는 눈을 뭉쳐 살구나무 위로 던져 보지만 이미 마을은 눈에 잠기고, 눈이 몰고 온 깊은 고요에 폭 잠깁니다. 소리도 빛깔도 모두 깊고 아득한 침묵으로 변한 순간이죠.

지방색이 강하게 풍기는 강원도 사투리는 고요하고 아름다운 산골 마을 풍경과 어울려 시를 더 깊고 정감 있게 하네요.

 「눈 오는 마실」을 읽고 나면 눈 오는 시골 마을의 풍경이 그려집니다. 머릿속에 떠오르는 풍경을 떠올린 후, 그림으로 표현해 봅시다.

제주 잠녀 (제주도 사투리로)

• 김광렬

바당 흔가운디 피어나는 꽃,
저 꽃이 아름답다

뼈마디
바농으로 쑤시듯 아파도
해삼 전복 캐래 간다

오늘도 거친 물속
태왁에 몸 기대고
호오이 호오이 토해 내는 힘겹고도 애잔한 숨비소리

우리 어멍도 줌녀였다
줌녀 아닌 여청네 갯끄티서 살기 어려웠다
지금은 늑신네 줌녀들만 가마우지처럼 옹기종기 모여
물질햄주만,
제주 줌녀들이 우리를 키워 냈다
눈물 숭숭 박힌 흔숨이 고통이 뚝심이
우렁우렁 제주 섬을 키워 냈다

바당 흔가운디 서슴서슴 피어나는 꽃,
검질긴 그 삶이
면도날 스미듯 가슴 아리다

제주 잠녀 (표준어로)

• 김광렬

바다 한복판에 피어나는 꽃,
저 꽃이 아름답다

뼈마디
바늘로 쑤시듯 아파도
해삼 전복 캐러 간다

오늘도 거친 물속
태왁에 몸 기대고
호오이 호오이 토해 내는 힘겹고도 애잔한 숨비소리

내 어머니도 잠녀였다
잠녀 아닌 여인네 바닷가에 살기 어려웠다
지금은 늙은이 잠녀들만 가마우지처럼 옹기종기 모여
물질하지만,
제주 잠녀들이 우리를 키웠다

• **태왁** 채취한 소라, 전복 등의 해산물을 넣는 망사리가 물속으로 가라앉지 않게 하기 위해 박으
로 만든 둥그런 형태의 장치물(부표).
• **숨비소리** 잠녀가 물 위로 솟아오르면서 그동안 참았던 호흡을 터뜨리는 숨 가쁜 소리.

눈물 숭숭 박힌 한숨이 고통이 뚝심이
우렁우렁 제주 섬을 키워 냈다

바다 한복판에 서슴서슴 피어나는 꽃,
검질긴 그 삶이
면도날 스미듯 가슴 아리다

- **우렁우렁** 소리가 매우 크게 울리는 모양.
- **검질긴** 성질이나 행동이 몹시 끈덕지고 질긴.

'제주해녀문화'는 2016년 우리나라 19번째 유네스코 인류 무형 문화유산으로 등재되었습니다. 해녀들의 속담 가운데 '저승에서 벌어 이승에서 쓴다.'라는 말이 있어요. 숨을 쉬어야 사는 땅 위가 아니라, 숨을 참아야만 사는 물속은 저승을 뜻하지요. 저승과 같은 물속에서 선복이랑 소개를 잡아 들고 숨을 쉬는 이승으로 나오는 것이지요. 망사리(태왁에 달린 그물주머니)를 한가득 채운 해산물은 어린 자식들을 키워 내고, 제주도를 살립니다.

턱 밑까지 올라온 숨을 억누르며 한숨과 고통을 이겨 내고 강인한 뚝심으로 바다 한복판에 피어나는 꽃, 이것이 바로 '제주 잠녀'이며 화자의 어머니입니다. 바다에서 물 위로 나와 잠시 숨을 고르는 해녀들의 숨비소리가 귓가를 맴도네요. 호오이 호오이 호오이……

「제주 잠녀」에서 시인은 제주 잠녀를 꽃에 비유하고 있습니다. 그런데 마지막 연에서 "검질긴 그 삶이/면도날 스미듯 가슴 아리다"라고 표현한 이유는 무엇일까요?

까마귀 싸우는 골에

● 영천 이 씨

까마귀 싸우는 골에 백로야 가지 마라
성난 까마귀 흰빛을 시샘할세라
청강(淸江)에 기껏 씻은 몸을 더럽힐까 하노라

• **청강** 맑고 푸른 강.

영천 이 씨의 「까마귀 싸우는 골에」는 고려 말기 충신인 정몽주의 어머니인 영천 이 씨가 지은 것으로 알려져 있는데요. 이 시조는 어머니인 영천 이 씨가 고려를 끝까지 지키려는 아들 정몽주를 위해 지은 것이라고도 합니다. "까마귀 싸우는 골에 백로야 사시 마라" 이 구절은 어디선가 들어 본 것 같기도 하지요? 까마귀는 고려 왕조를 무너뜨리려는 탐욕스러운 변절자를 뜻하고, 백로는 지조와 절개를 굳건히 지키려는 사람을 의미할 텐데요. 이 첫 구절만 봐도 아들을 사랑하는 어머니의 마음과 기개가 잘 들어 있는 것 같습니다. 성난 까마귀가 제 까만 몸만 보다가 백로의 흰빛을 보면 시샘할 수 있을 텐데요. 그때나 지금이나 자식을 걱정하는 어머니의 마음은 크게 다르지 않은 것 같습니다.

 내가 만일 엄마라면 내 아들딸이 어떤 것만은 좀 하지 않았으면 좋겠다고 생각할까요. 자식을 키우는 부모 입장이 되어서 내가 뭘 하지 않길 바랄지 한번 생각해 봐요.

까마귀 검다 하고

● 이직

까마귀 검다 하고 백로야 웃지 마라
겉이 검은들 속조차 검을쏘냐
겉 희고 속 검은 것은 너뿐인가 하노라

이 시조에서 까마귀의 겉모습은 백로들의 웃음거리가 됩니다. 하지만 작가는 오히려 아름다운 흰 털을 자랑하는 백로를 비난의 대상으로 보고 있지요. 속으로는 검은 속내를 지니고 있으면서 겉으로만 우아한 자태를 뽐내는 백조라고요.

작가의 삶을 보면 까마귀와 백로가 상징하는 의미는 더 분명해져요. 이직은 고려 말에서 조선 초기에 활동한 고려의 신하이자 조선의 개국 공신입니다. 이성계를 도와 조선의 기틀을 다진 공으로 높은 버슬을 했지만, 고려 왕조를 지키려는 이에게는 변절자로 불립니다. 그런데 겉으로는 권력을 좇는 듯 보였으나 실은 새 세상을 준비하고 뜻을 펼치려던 작가가, 절의를 지킨다면서 역사의 흐름을 외면하는 고려 충신들을 오히려 비판하고자 이 시조를 지었다 합니다.

 「까마귀 검다 하고」의 화자는 까마귀와 백로를 겉모습만 보고 판단하는 것이 잘못되었다고 말합니다. 그래서 겉과 속이 다른 백로를 비판하고 자신의 행동이 정당했음을 주장합니다. 이 시조에서 '겉 희고 속이 검다.'는 것은 무슨 뜻일까요?

힘센 말 한마디

예지랑 나는
그 누구보다도 친했다

수행평가
학습지
다 풀었어?

아니
나 빌려줘

예지가 다른 반 애들한테
내 얘길 하기 전까지

김잔디!
너 3반 김상혁
좋아한다며?

오올~

대박
사건!

나가는 시

만화
· 신미나

그 얘기는

예지한테만
털어놓은 비밀이었는데...

그 후로 예지와 나는
마주쳐도 서로 피해 다녔다

푸르던 은행잎이
노랗게 물들 때까지
우리는 말을 섞지 않았다

너도 우리 오빠들
팬미팅 같이 갈래?

언젠데?

예지는 아무렇지 않은지
다른 친구랑 어울려 다녔다

예지가 그 말을 하지 않았다면
우리 사이는 벌어지지 않았을까?
화해하기엔 시간이 너무 흐른 것 같다

까톡

예지
잔디야...
할 말 있어...
이따가 수업 끝나고
교실에서 보자

...

휴 ... 뭐라고 말하지?
어색한데 어떡할까...

마실래?
너 이거 좋아하잖아

예지야!
오랜만에
옥상 가볼까?

콜!

말은 참 힘이 세
아무런 힘이 없는 것 같아도
마음을 움직이게 해

시원해!

미안하다는 말 한마디에
서운했던 마음을
누그러지게 만들어

참 힘센 말

말은
힘이 세지
정말 힘이 세지

짐수레를 끌고
따각따각 달리는 말보다
말은
힘이 더 세지

"미안해" 한마디면
서운했던 생각이 떨어지고
화난 마음 살살 녹지

"잘 할 수 있어." 한마디에
가슴이 따뜻해지고
없던 힘도 불끈 솟지

-정진아 『엄마보다 이쁜 아이』(푸른책들 2012)

시인 소개 ～～～～～～～～～～～～～～～～～～～～

길상호 1973~ 시인. 충남 논산에서 태어남. 한남대 국문과 졸업. 2001년 한국일보 신춘문예에 시가 당선되어 등단함. 시집 『오동나무 안에 잠들다』 『모르는 척』 『눈의 심장을 받았네』 『우리의 죄는 야옹』 등이 있음.

김광렬 1954~ 시인. 제주도에서 태어남. 중앙대 문예창작과 졸업. 1988년 『창작과 비평』 복간호에 시를 발표하며 작품 활동을 시작함. 시집 『가을의 시』 『희미한 등불만 있으면 좋으리』 『풀잎들의 부리』 『그리움에는 바퀴가 달려 있다』 『모래 마을에서』 등이 있음.

김영랑 1903~1950 시인. 본명은 윤식(允植). 전남 강진에서 태어남. 일본 아오야마(靑山) 학원 영문과 졸업. 1930년 『시문학』 동인으로 참가하면서 작품 활동을 시작함. 시집 『영랑 시집』 『영랑 시선』 등이 있음.

김용택 1948~ 시인. 전북 임실에서 태어남. 순창농림고 졸업. 1982년 '21인 신작시집'에 시를 발표하며 작품 활동을 시작함. 시집 『섬진강』 『맑은 날』 『강 같은 세월』 『그 여자네 집』 등이 있고, 동시집 『콩, 너는 죽었다』 『너 내가 그럴 줄 알았어』 등을 펴냄.

김장호 1948~ 시인. 대구에서 태어남. 2005년 조정권·원구식·강성철 등의 추천을 받아 『시를 사랑하는 사람들』로 등단함. 시집 『나는 을이다』 『전봇대』 『소금이 온다』 등이 있음.

나희덕 1966~ 시인. 충남 논산에서 태어남. 연세대 국문과 졸업. 1989년 중앙일보 신춘문예에 시가 당선되어 작품 활동을 시작함. 시집으로 『뿌리에게』 『그 말이 잎을 물들였다』 『그곳이 멀지 않다』 『어두워진다는 것』 『사라진 손바닥』 『야생사과』 『말들이 돌아오는 시간』 등이 있음.

문무학 1949~ 시인. 문학평론가. 경북 고령에서 태어남. 대구대 대학원 국문과 석사, 박사 과정 졸업. 1982년 『월간문학』 신인작품상에 당선되어 등단함. 시집 『벙어리뻐꾸기』 『풀을 읽다』 『낱말』 등이 있음.

문태준 1970~ 경북 김천에서 태어남. 고려대 국문과 졸업. 1994년『문예중앙』신인상에 시가 당선되어 등단함. 시집『수런거리는 뒤란』『맨발』『가재미』『그늘의 발달』『먼 곳』『우리들의 마지막 얼굴』등이 있음.

박명자 1940~ 시인. 1940년 강원도 강릉에서 태어남. 강릉사범학교 졸업. 1973년『현대문학』에 시가 추천 완료되어 등단함. 시집『아흔 아홉의 손을 가진 4월』『일어서는 바다』『매일 다시 일어서는 나무』『혼자 산에 오는 이유』『시간의 흔적들을 지우다』『잎새들은 톱니바퀴를 굴리며 간다』등이 있음.

박목월 1916~1978 시인. 본명은 영종(泳鍾). 경북 경주에서 태어남. 대구 계성중학졸업. 1933년『어린이』에 동시가 특선되고, 1939년『문장』에 시가 추천되어 작품 활동을 시작함. 조지훈·박두진과 함께 '청록파' 시인으로 활동하며 3인 시집『청록집』을 펴냄. 시집『산도화』『난, 기타』『청담』『무순(無順)』등이 있고, 동시집『박영종 동시집』『초록별』『산새알 물새알』등을 펴냄.

박성우 1971~ 시인. 전북 정읍에서 태어남. 원광대 문예창작과 졸업. 2000년 중앙일보 신춘문예에 시가 당선되어 등단했으며, 2006년 한국일보 신춘문예에 동시가 당선되어 동시인으로도 활동함. 시집『거미』『가뜬한 잠』『자두나무 정류장』『웃는 연습』, 청소년시집『난 빨강』『사과가 필요해』, 동시집『불량 꽃게』『우리 집 한 바퀴』『동물 학교 한 바퀴』등이 있음.

복효근 1962~ 시인. 전북 남원에서 태어남. 전북대 국어교육과 졸업. 1991년『시와 시학』에 시를 발표하며 작품 활동을 시작함. 시집『당신이 슬플 때 나는 사랑한다』『버마재비 사랑』『새에 대한 반성문』『누우 떼가 강을 건너는 법』『목련꽃 브라자』『마늘촛불』『따뜻한 외면』, 청소년시집『운동장 편지』등이 있음.

서동균 1970~ 시인. 서울에서 태어남. 성균관대학교 경영대학원 졸업. 2011년 계간『시안』신인상으로 등단함. 시집『뉴로얄사우나』가 있음.

서정숙 1937~ 시인. 대구에서 태어남. 1987년『아동문학평론』신인문학상에 동시가 당선되어 등단함. 동시집『아가 입은 앵두』가 있음.

서정홍 1958~ 시인. 경남 마산에서 태어남. 1990년 마창노련문학상, 1992년 전태일문학상을 받으며 작품 활동을 시작함. 시집『58년 개띠』『아내에게 미안하다』『내가 가장 착해질 때』『못난 꿈이 한데 모여』, 동시집『윗몸일으키기』『우리 집 밥상』

『닿지 않는 손』『주인공이 무어, 따로 있나』 등이 있음.

신경림 1935~ 시인. 충북 충주에서 태어남. 동국대 영문과 졸업. 1956년 『문학예술』에 시가 추천되어 작품 활동을 시작함. 시집 『농무』 『새재』 『달 넘세』 『가난한 사랑노래』 『길』 『쓰러진 자의 꿈』 『어머니와 할머니의 실루엣』 『뿔』 『낙타』 『사진관집 이층』 등이 있음.

안도현 1961~ 시인. 경북 예천에서 태어남. 원광대 국문과 졸업. 1984년 동아일보 신춘문예에 시가 당선되어 등단함. 시집 『서울로 가는 전봉준』 『모닥불』 『외롭고 높고 쓸쓸한』 『그리운 여우』 『아무것도 아닌 것에 대하여』 『간절하게 참 철없이』 『북항』 등이 있으며, 동시집 『나무 잎사귀 뒤쪽 마을』 『냠냠』 『기러기는 차갑다』 등을 펴냄.

양정자 1944~ 시인. 서울에서 태어남. 서울대 영어교육과 졸업. 1990년 시집 『아내 일기』를 간행하며 작품 활동을 시작함. 시집 『아이들의 풀잎노래』 『가장 쓸쓸한 일』 『내가 읽은 삶』 『아기가 살짝 엿들은 말』 등이 있음.

영천 이 씨 생몰년 모름 정몽주의 어머니. 아들이 권력에 욕심을 둔 무리에 휩쓸리지 않도록 행동을 주의하라는 목적에서 지었다는 시조 한 편(「까마귀 싸우는 골에」)이 『가곡원류』에 실려 있음.

오규원 1941~2007 시인. 경남 밀양에서 태어남. 동아대 법학과 졸업. 1965년 『현대문학』에 시가 추천되어 등단함. 시집 『분명한 사건』 『순례』 『왕자가 아닌 한 아이에게』 『이 땅에 씌어지는 서정시』 『가끔은 주목받는 생(生)이고 싶다』 『사랑의 감옥』 『길, 골목, 호텔 그리고 강물 소리』 『토마토는 붉다 아니 달콤하다』 『새와 나무와 새 똥 그리고 돌멩이』 『두두』 등이 있고, 동시집 『나무 속의 자동차』를 펴냄.

오세영 1942~ 시인. 전남 영광에서 태어남. 서울대 국문과 졸업. 1968년 『현대문학』에 시가 추천되어 등단함. 시집 『반란하는 빛』 『가장 어두운 날 저녁에』 『모순의 흙』 『불타는 물』 『꽃들은 별을 우러르며 산다』 『적멸의 불빛』 등이 있음.

유승도 1960~ 시인. 충남 서천에서 태어남. 경기대 국문과 졸업. 1995년 『문예중앙』 신인문학상에 시가 당선되어 등단함. 시집 『작은 침묵들을 위하여』 『차가운 웃음』 『일방적 사랑』 『천만년이 내린다』 『딱따구리가 아침을 열다』 등이 있음.

윤동주 1917~1945 시인. 북간도 명동에서 태어남. 연희전문학교 문과를 졸업하고, 일본 도시샤(同志社) 대학 영문과 재학 중 항일운동을 했다는 혐의로 체포되어 후쿠오카(福岡) 형무소에서 복역하다가 1945년 2월 옥사함. 해방 후 유고 시집 『하늘과 바람과 별과 시』(1948)가 간행됨.

윤선도 1587~1671 조선 중기의 문신·시인. 호는 고산(孤山). 남인의 중심인물로, 치열한 당쟁으로 인해 일생을 거의 유배지에서 보냄. 시조에 뛰어나 정철의 가사와 더불어 조선 시가의 쌍벽을 이룸. 시조 「어부사시사」 「오우가」, 문집 『고산 유고』 등이 있음.

이삼남 1971~ 시인. 전남 해남에서 태어남. 세종대 대학원 국문과 석사 과정 졸업. 1999년 『창조문학』 여름호에 시를 발표하며 등단함. 시집 『빗물 머금은 잎사귀를 위하여』 『침묵의 말』 등이 있음.

이상국 1946~ 시인. 강원도 양양에서 태어남. 1976년 『심상』에 시를 발표하며 작품 활동을 시작함. 시집으로 『우리는 읍으로 간다』 『집은 아직 따뜻하다』 『어느 농사꾼의 별에서』 『뿔을 적시며』 『달은 아직 그 달이다』 등이 있음.

이시영 1949~ 시인. 전남 구례에서 태어남. 서라벌예대 문예창작과 졸업. 1969년 중앙일보 신춘문예로 등단하며 작품 활동을 시작함. 시집 『만월』 『바람 속으로』 『무늬』 『사이』 『은빛 호각』 『경찰은 그들을 사람으로 보지 않았다』 『호야네 말』 『하동』 등이 있음.

이응인 1962~ 시인. 경남 거창에서 태어남. 부산대 국문과 졸업. 1987년 무크지 『전망』을 통해 등단함. 시집 『투명한 얼음장』 『따뜻한 곳』 『천천히 오는 기다림』 『어린 꽃다지를 위하여』 등이 있음.

이장근 1971~ 시인. 경북 의성에서 태어남. 한남대 국어교육과 졸업. 2008년 매일신문 신춘문예에 시가 당선되어 등단했고, 2010년 제8회 푸른문학상 '새로운 시인상'을 수상하며 동시인으로 활동함. 청소년시집 『악어에게 물린 날』 『나는 지금 꽃이다』 『파울볼은 없다』, 동시집 『바다는 왜 바다일까?』 『철판 볶음밥』 등이 있음.

이장희 1900~1929 시인. 대구에서 태어남. 호는 고월(古月). 일본 교토(京都) 중학교 졸업. 1924년 『금성』에 시를 발표하며 작품을 쓰기 시작함. 백기만이 엮은 『상화와 고월』에 유고시 「봄은 고양이로다」 등 11편 수록됨.

이준관 1949~ 시인. 전북 정읍에서 태어남. 전주교육대 졸업. 1971년 서울신문 신춘문예에 동시가, 1974년『심상』에 시가 각각 당선되어 작품 활동을 시작함. 시집 『열 손가락에 달을 달고』『가을 떡갈나무숲』『부엌의 불빛』『천국의 계단』, 동시집 『쑴바귀꽃』『내가 채송화 꽃처럼 조그마했을 때』『쑥쑥』『쥐눈이콩은 기죽지 않아』 등이 있음.

이직 1362~1431 고려 말에서 조선 초기의 문신. 호는 형재(亨齋). 조선 건국을 돕고 초창기의 기초를 다진 공을 세워 영의정까지 오름. 『가곡원류』에 시조 한 편이 전하며, 문집『형재 시집』이 있음.

정일근 1958~ 시인. 경남 진해에서 태어남. 경남대 국어교육과 졸업. 1984년『실천문학』과 1985년 한국일보 신춘문예를 통해 작품 활동을 시작함. 시집으로『바다가 보이는 교실』『유배지에서 보내는 정약용의 편지』『그리운 곳으로 돌아보라』『경주 남산』『마당으로 출근하는 시인』『착하게 낡은 것의 영혼』『기다린다는 것에 대하여』『소금 성자』등이 있음.

정진아 1965~ 시인. 전남 담양에서 태어남. 1988년『아동문학평론』신인상에 동시가 당선되어 등단함. 동시집『난 내가 참 좋아』『엄마보다 이쁜 아이』『힘내라 참외 싹』등이 있음.

정현정 1959~ 시인. 경북 문경에서 태어남. 동시집『씨앗 마중』이 있음.

정현종 1939~ 시인. 서울에서 태어남. 연세대 철학과 졸업. 1964년『현대문학』에 시가 추천되어 등단함. 시집『사물의 꿈』『나는 별 아저씨』『떨어져도 튀는 공처럼』『사랑할 시간이 많지 않다』『갈증이며 샘물인』『한 꽃송이』『세상의 나무들』『광휘의 속삭임』『그림자에 불타다』등이 있음.

정호승 1950~ 시인. 경남 하동에서 태어나 대구에서 성장함. 경희대 국문과 졸업. 1973년 대한일보 신춘문예에 시가 당선되고, 1982년 조선일보 신춘문예에 소설이 당선되어 작품 활동을 시작함. 시집『슬픔이 기쁨에게』『서울의 예수』『별들은 따뜻하다』『눈물이 나면 기차를 타라』『풀잎에도 상처가 있다』『포옹』『여행』『나는 희망을 거절한다』등이 있음.

제페토 포털사이트에서 '제페토'라는 닉네임으로 활동하는 누리꾼. '댓글 시인'으로 불림. 지은 책으로『그 쇳물 쓰지 마라』등이 있음.

최승호 1954~ 시인. 강원도 춘천에서 태어남. 춘천교육대 졸업. 1977년『현대시학』에 시가 추천되어 등단함. 시집『대설주의보』『고슴도치의 마을』『세속도시의 즐거움』『그로테스크』『아무것도 아니면서 모든 것인 나』, 동시집『말놀이 동시집』(전5권)『치타는 짜장면을 배달한다』등이 있음.

하상욱 1981~ 시인. 가수. 시집『서울 시』등이 있음.

허영자 1938~ 시인. 경남 함양에서 태어남. 숙명여대 국문과 졸업. 1962년『현대문학』을 통해 등단함. 시집『가슴엔 듯 눈엔 듯』『친전(親展)』『어여쁨이야 어찌 꽃뿐이랴』『빈 들판을 걸어가면』『조용한 슬픔』『은의 무게만큼』등이 있음.

홍랑 생몰년 모름 조선 선조(재위 1567~1608) 때 함경도 홍원의 기생. 당대의 이름난 시인이었던 최경창이 1573년 북평사로 부임해 함경도 경성에 갔을 때 가까이 사귀었으며, 이듬해 봄에 최경창이 서울로 돌아가는 길에 함관령 고개까지 따라가 전송하고 그에게 시조를 지어 보냈다고 함.

작품 출처

길상호 「바람이 들렀던 집」, 『요 엄창 큰 비바리야 냉바리야』, 한국시인협회 엮음, 서정시학 2007

김광렬 「제주 잠녀」, 『요 엄창 큰 비바리야 냉바리야』, 한국시인협회 엮음, 서정시학 2007

김영랑 「오-매 단풍 들겠네」, 『영랑을 만나다』, 이숭원 편저, 태학사 2009

김용택 「이 바쁜 때 웬 설사」, 『강 같은 세월』, 창작과비평사 1995

김장호 「그 한마디 말」, 『전봇대』, 한국문연 2012

나희덕 「허락된 과식」, 『어두워진다는 것』, 창작과비평사 2001

문무학 「품사 다시 읽기」, 『낱말』, 동학사 2009

문태준 「팽나무 식구」, 『맨발』, 창비 2004

박명자 「눈 오는 마실」, 『요 엄창 큰 비바리야 냉바리야』, 한국시인협회 엮음, 서정시학 2007

박목월 「여우비」, 『산새알 물새알』, 문원사 1962

박성우 「소나기」, 『사과가 필요해』, 창비 2017

복효근 「세상에서 가장 따뜻했던 저녁」, 『운동장 편지』, 창비교육 2016

서동균 「봄」, 『세상에 하나뿐인 디카 시』, 최광임 엮음, 북투데이 2016

서정숙 「빗방울 2」, 『움직이는 동시』, 보육사 1997

서정홍 「우리말 사랑 1」, 『58년 개띠』, 보리 2003

신경림 「동해 바다」, 『길』, 창작과비평사 1990

안도현 「너에게 묻는다」, 『외롭고 높고 쓸쓸한』, 문학동네 2004

안도현 「우리가 눈발이라면」, 『그대에게 가고 싶다』, 푸른숲 1991

양정자 「소녀들」, 『아이들의 풀잎노래』, 창작과비평사 1993

영천 이 씨 「까마귀 싸우는 골에」, 『한국 고전 문학 전집 1』, 김대행 역주, 고려대민족문화연구소 1993

오규원 「포근한 봄」, 『나무 속의 자동차』, 문학과지성사 2008

오세영 「별처럼 꽃처럼」, 『꽃들은 별을 우러르며 산다』, 시와시학사 1992

오세영 「유성」, 『적멸의 불빛』, 문학사상사 2001

유승도 「산마을엔 보름달이 뜨잖니」, 『작은 침묵들을 위하여』, 창작과비평사 1999

윤동주 「해비」, 『정본 윤동주 전집』, 문학과지성사 2004

윤동주　「서시」,『정본 윤동주 전집』, 문학과지성사 2004

윤동주　「새로운 길」,『정본 윤동주 전집』, 문학과지성사 2004

윤선도　「오우가」,『고시조 산책』, 성낙은 편저, 국학자료원 1996

이삼남　「교실」,『처음엔 삐딱하게』, 김남극 외 9인, 창비교육 2015

이상국　「감자밥」,『뿔을 적시며』, 창비 2012

이시영　「성장」,『은빛 호각』, 창비 2003

이응인　「수박끼리」,『따뜻한 곳』, 내일을 여는 책 1998

이장근　「나는 지금 꽃이다」,『나는 지금 꽃이다』, 푸른책들 2013

이장희　「봄은 고양이로다」,『상화와 고월』, 청구출판사 1951

이준관　「딱지」,『천국의 계단』, 서정시학 2014

이직　「까마귀 검다 하고」,『한국 고전 문학 전집 1』, 김대행 역주, 고려대민족
　　　　문화연구소 1993

정일근　「바다가 보이는 교실」,『바다가 보이는 교실』, 창작과비평사 1987

정일근　「신문지 밥상」,『착하게 낡은 것의 영혼』, 시학 2006

정진아　「참 힘센 말」,『엄마보다 이쁜 아이』, 푸른책들 2012

정진아　「가을볕」,『힘내라 참외 싹』, 소야 2014

정현정　「나무들의 목욕」,『씨앗 마중』, 21문학과문화 2005

정현종　「떨어져도 튀는 공처럼」,『나는 별 아저씨』, 문학과지성사 1978

정호승　「풀잎에도 상처가 있다」,『풀잎에도 상처가 있다』, 열림원 2002

정호승　「고래를 위하여」,『외로우니까 사람이다』, 열림원 1998

제페토　「동행」,『그 쇳물 쓰지 마라』, 수오서재 2016

최승호　「북」,『말놀이 동시집 4』, 비룡소 2008

하상욱　「선풍기 바람」,『서울 시』, 중앙북스 2013

하상욱　「시험 망쳤어」,『서울 시』, 중앙북스 2013

허영자　「유년의 날」,『요 엄창 큰 비바리야 냉바리야』, 한국시인협회 엮음, 서정
　　　　시학 2007

홍랑　「묏버들 가려 꺾어」,『한국 고전 시가선』, 고미숙·임형택 엮음, 창작과
　　　　비평사 1997

수록 교과서 보기 〰〰〰〰〰〰〰〰

지은이	작품명	수록 교과서
길상호	바람이 들렀던 집	미래엔(신유식)1-1
김광렬	제주 잠녀	미래엔(신유식)1-1
김영랑	오—매 단풍 들겠네	미래엔(신유식)1-1, 천재(노미숙)1-2
김용택	이 바쁜 때 웬 설사	교학사(남미영)1-1
김장호	그 한마디 말	교학사(남미영)1-1
나희덕	허락된 과식	교과서 밖의 시
문무학	품사 다시 읽기	금성(류수열)1-2
문태준	팽나무 식구	교과서 밖의 시
박명자	눈 오는 마실	미래엔(신유식)1-1
박목월	여우비	미래엔(신유식)1-1
박성우	소나기	교과서 밖의 시
복효근	세상에서 가장 따뜻했던 저녁	교과서 밖의 시
서동균	봄	미래엔(신유식)1-1
서정숙	빗방울 2	천재(노미숙)1-1
서정홍	우리말 사랑 1	동아(이은영)1-2
신경림	동해 바다	천재(박영목)1-2
안도현	우리가 눈발이라면	동아(이은영)1-1, 비상(김진수)1-1
안도현	너에게 묻는다	천재(박영목)1-1
양정자	소녀들	교과서 밖의 시
영천 이 씨	까마귀 싸우는 골에	금성(류수열)1-1
오규원	포근한 봄	지학사(이삼형)1-1, 천재(노미숙)1-1
오세영	별처럼 꽃처럼	교학사(남미영) 1-1, 천재(노미숙)1-1
오세영	유성	비상(김진수)1-1
유승도	산마을엔 보름달이 뜨잖니	교과서 밖의 시
윤동주	해비	미래엔(신유식)1-1

지은이	작품명	수록 교과서
윤동주	서시	미래엔(신유식)1-1
윤동주	새로운 길	천재(노미숙)1-1
윤선도	오우가	동아(이은영)1-1, 비상(김진수)1-1, 천재(박영목)1-1
이삼남	교실	금성(류수열)1-1
이상국	감자밥	교과서 밖의 시
이시영	성장	교학사(남미영)1-1, 금성(류수열)1-2
이응인	수박끼리	금성(류수열)1-2, 지학사(이삼형)1-2
이장근	나는 지금 꽃이다	창비(이도영)1-1
이장희	봄은 고양이로다	동아(이은영)1-1, 비상(김진수)1-1
이준관	딱지	천재(노미숙)1-2
이직	까마귀 검다 하고	금성(류수열)1-1
정일근	바다가 보이는 교실	교과서 밖의 시
정일근	신문지 밥상	금성(류수열)1-1
정진아	참 힘센 말	천재(박영목)1-2
정진아	가을볕	금성(류수열)1-2
정현정	나무들의 목욕	천재(박영목)1-1
정현종	떨어져도 튀는 공처럼	금성(류수열)1-1
정호승	풀잎에도 상처가 있다	비상(김진수)1-2
정호승	고래를 위하여	미래엔(신유식)1-1
제페토	동행	미래엔(신유식)1-1
최승호	북	금성(류수열)1-1
하상욱	선풍기 바람	미래엔(신유식)1-1
하상욱	시험 망쳤어	미래엔(신유식)1-1
허영자	유년의 날	미래엔(신유식)1-1
홍랑	묏버들 가려 꺾어	지학사(이삼형)1-1